琦君

琦君 著

粽子里的乡愁

浙江文艺出版社
Zhejiang Literature & Art Publishing House

《琦君：粽子里的乡愁》，经权利人授权在中国大陆地区独家出版发行
版权合同登记字号：图字：11-2024-046

图书在版编目（CIP）数据

琦君：粽子里的乡愁 / 琦君著. —杭州：浙江文
艺出版社，2024.5
ISBN 978-7-5339-7542-5

Ⅰ.①琦… Ⅱ.①琦… Ⅲ.①散文集—中国—当
代 Ⅳ.①I267

中国国家版本馆 CIP 数据核字（2024）第 057533 号

统 筹	王晓乐		封面设计	广 岛
责任编辑	邓东山 许龚燕		封面插画	Stano
责任校对	许红梅		营销编辑	张恩惠
责任印制	吴春娟			

琦君：粽子里的乡愁

琦君 著

出版发行 浙江文艺出版社
地　　址 杭州市环城北路 177 号
邮　　编 310006
电　　话 0571-85176953（总编办）
　　　　 0571-85152727（市场部）
制　　版 杭州天一图文制作有限公司
印　　刷 杭州丰源印刷有限公司
开　　本 880 毫米×1230 毫米　1/32
字　　数 132 千字
印　　张 7.5
插　　页 2
版　　次 2024 年 5 月第 1 版
印　　次 2024 年 5 月第 1 次印刷
书　　号 ISBN 978-7-5339-7542-5
定　　价 39.80 元

出版说明

自五四新文化运动以来，中国文学面目一新。在中西方文化的碰撞与融合中，小说、诗歌、戏剧等文学形式完成蜕变与新生，而散文以其自由自在的天性，踵事增华，其成果蔚为大观。

郁达夫认为，较之古代的"文"，现代中国散文有三点特异之处，即"'个人'的发见""内容范围的扩大""人性，社会性，与大自然的调和"（《中国新文学大系·散文二集·导言》）。散文家们兼收并蓄，将万事万物融于一心，"以我手写我口"，取径不同，或叙事、抒情、议论，或写人、描景、状物；风格各异，或蕴藉、洗练、飞扬，或磅礴、绮丽、缜密。就应用而言，以学识、阅历、心境为核心的小品文，以小见大，言近旨远，张扬个人性情；以观察、讽刺、同情为底色的杂文，见微知著，刚柔相济，召唤战斗精神……种种流派，非止一端。

为了给当代读者提供一套选目得当、编校精良的散文选本，我们推出"名家散文"系列，从灿若星辰的中国现代散

1

文家中遴选出一批作者，精选其散文创作中的经典作品，结集成册，以飨读者，或可视作对百年现代中国散文的一次阶段性回顾与总结。我们相信，尽管这些作品产生的背景千差万别，但其呈现的智识与感性、追求与希冀，是跨越时空而能与读者共鸣的。我们也相信，经典之所以为经典，因其经得起时间的汰洗，这里的文章，初读，是迎面撞上万千世界，吉光片羽，亦足珍惜；再读，则是与无数智者的重逢，向内发现自己，向外发现众生。

文学的历史同时也是一部语言文字的历史，而汉语的标准化也随着时间的推移不断地演变、更新。五四白话文运动以来，文学语言流动而多变，呈现出丰富和复杂的样貌。文字、词汇、语法的繁芜丛杂背后，是思想文化的多元与活跃，也是作家不同审美取向和个人风格的展现。因此，我们在编辑过程中尽量尊重文章原刊或初版时的面貌，使读者能够感受到语言的时代特色，比如"的""地""底"共存的现象。同时，考虑到读者尤其是学生的阅读需求，我们按当下的规范做了有限度的修订。

编辑出版工作中难免存在不足之处，热忱欢迎广大读者批评指正。

浙江文艺出版社

目 录

宠物良伴

故乡情怀

悠悠岁月，虽然逝去，也不必惆怅感怀。

灯景旧情怀

　　春节已近尾声,而几天来,清晨与傍晚,左右前后噼噼啪啪的鞭炮声,仍然此起彼落的,不绝于耳。新年的气氛还是这般浓厚。我望着长桌上一对红蜡烛。那是"分岁烛",也是"风水烛",大除夕祭祖时得点过两个钟头。按当年母亲的规矩,五天新年中每晚都得点燃一下。点过正月初五,才谨慎小心地用金纸包了收在抽屉里,十五元宵节再取出来点,嘴里还念念有词:"风水烛,风水足哇!"可是如今年兴已淡的我,竟一直忘了再点。前儿忽然停电,才又把它们点起来。红红的光影,顿时照得心头温暖生春。那么索性等点过元宵灯节再收起来吧。

　　故乡的新年,从十二月廿三送灶神开始,一直要热闹到正月十五，滚过龙灯，吃过汤团，才算落幕。这样长的年景，对我这个只想逃学，不肯背"诗云""子曰"的顽皮童子来说，实在是太棒太棒了。每回地方上举行什么大典，或是左邻右舍办喜事，我就会蹦得半天高地喊："我真'爽险爽'，我'爽'得都要爆裂开来了！""爽"是我家乡话"快乐"的意思，"爽险爽"就是"快乐得不得了"啦。过新年是大典中的大典，我怎么能不"'爽'得爆裂开来"呢？

　　择日"解冬"（送冬祭祖），大部分在十二月廿七八深夜。我是女孩子，没有资格在那样的大典中拜祖宗，而且早已困得东倒西歪，抱着小猫咪趴在灶下的柴堆里睡着了。可是大年夜的"点喜灯"工作，却是我的专利。吃完晚饭以后，阿荣伯就把山薯平均地切成一块块，把香梗也平均地折成一段段，插在上面；再打开一大包细细的红蜡烛，叫我帮忙，一根根套在香梗上，装在大竹篮里，由我拎着。他一手提灯笼，一手牵我到各处点喜灯。前后院的大树下、大门的门神脚旁边、走廊里、谷仓门前、厨房水缸边……统统都点了摆好。全个大宅院都红红亮亮、喜气洋洋起来。可惜蜡烛太小，风又太大，等我们兜一圈儿回来，有的蜡烛已经点完了。阿荣伯又打开一包来补上。这样补到东边又补到西边，我就说："好累啊！站起蹲下的，头都晕了。"

阿荣伯用红灯笼照照我的脸，摇摇头说："吃了分岁酒，拿了压岁包儿，才做这么点事就累啦？不行，做什么事都要有头有尾。"

我在红红的烛光里，看见阿荣伯的鬓边有好多白发，我捧住他的手膀关心地说："阿荣伯，你也长大一岁了。"他笑笑说："我不是长大一岁，我是老了一岁。你才是长大一岁。"我说："长大有什么好？长大了就会老，老了就会长白头发。"阿荣伯连忙阻止我说："过年过节的，不要说这种话。等下子在你妈妈面前可不能这样讲。"我做出很懂事的样子说："我不会讲的。我知道妈妈也老了一岁了。"阿荣伯叹息似的说："大人总是要老的，只要小的长大，一代一代接下去就好了。"我听得心里酸酸的。回到厨房里，看见母亲正取下头上的银针剔菜油灯，剔得高高亮亮的。阿荣伯说："太太，再加三根灯芯，五子登科呀。"母亲笑眯眯地说："两根也一样好。两根是一双嘛。"我知道母亲舍不得菜油，向阿荣伯做个鬼脸，跑过去指着灯花大声地说："一双就是文武占魁二状元啊。"母亲高兴地问："你是哪儿学来的？"我得意地说："阿荣伯教我的，是'花会传'里的句子呀。"（"花会"是农村的一种赌博，包含三十二个人名，押对了人名就赢钱。）我逗得妈妈高兴，又捧了阿荣伯，不由得又快乐起来，刚才那种愁老的心事早已丢开了。

点喜灯的有趣节目以后，五天新年当然是没头没脑的玩乐，然后眼巴巴盼望初七八的迎灯庙戏。我故乡瞿溪分"上下河乡"，各有一座庙，称为上、下殿。上殿坐的是颜真卿，下殿坐的是弟弟颜杲卿。其实他们不是兄弟，只因都是奋勇锄奸的大忠臣，就把他们算成兄弟了。哥哥坐了上殿，觉得上河乡地理形势比下河乡好，心里很过意不去，就说定每年正月初七先去下殿拜弟弟的年，初八弟弟再到上殿回拜哥哥。所以乡里有句话说："瞿溪没情理，阿哥拜阿弟。"其实他们才真是手足情深，礼让得很呢。

"迎灯"就是"迎佛"，迎着上下殿佛相互拜年，也是庆祝丰年、歌舞升平的意思。父亲对于迎灯是非常重视的。他认为大除夕祭拜祖先，是子孙们对先人慎终追远的孝思。典礼要隆重肃穆，祭品要简洁精致，却不是讲究排场。迎灯是一年之首，地方全体百姓，对神祇的佑护表示感谢，典礼不但隆重，还要愈热闹愈有排场愈好。所以大户人家都是慷慨捐款，出钱又出力，把迎灯庙会办得体面非凡。

初七一大早，母亲就提高嗓门喊："阿标叔，晚上的风烛都买好了吗？百子炮（鞭炮）都齐全了吗？要越多越好啊！"母亲平时说话低声细气，一到过年，嗓门儿就大了。尤其是那个"好"字，尾音拉得长长的，表示样样都好。

阿标叔也提高嗓门回答："都齐全啰，丰足得很啰！"

阿标叔是我家的老工友，是父亲部队里退下来的。他和种田的长工身份不太一样，总是显出很有肚才的样子，常常出口成文，说话成语很多。他告诉我"风烛"就是"丰足"的意思。他掌管的是父亲心爱的花木，以及家中所有的煤油灯和大厅里那盏威风八面的煤气灯。至于菜油灯和蜡烛灯，那就是阿荣伯的事了。他和阿荣伯很要好。不过他觉得阿荣伯脑筋没有他新式，文明的灯不会照顾。他每天早上戴起父亲送他的银丝边老花眼镜，镜框滑行到鼻尖子上，用软软的棉布蘸了煤油，抿起嘴唇擦玻璃灯罩，对了太阳光照了又照，要擦得晶亮才算数，神情是非常专注的。阿荣伯笑他说："你看他咬紧牙根，给煤气灯打气时的神气，好像谁走上前去都会一拳打过来似的。"阿标叔认真地说："煤气灯够不够亮，全在打气的功夫上。还有中间那个'胆'，又脆又软，除了我谁也碰不得。"

跟大除夕一样，初七晚上，他老早就把煤气灯点上了。呼呼呼的声音，听起来气派硬是不一样。（瞿溪全村所有大户人家，除了我们潘宅，是很少点煤气灯的。所以潘宅的煤气灯很有名，阿标叔也跟着它有名。有什么人家办喜事要多用几盏煤气灯，阿标叔就自告奋勇提了煤气灯去帮忙。）

阿标叔仔细地把好几尺长的风烛用硬纸在捏手的芦苇柄上包成一个斗形，免得蜡油滴下来烫到手。风烛的队伍是愈长愈好，所以家家都有壮丁参加，背大灯笼，举风烛，提火把，还有沿路的"弹红"（即一堆堆的柴火烧得旺旺的），各家的路祭，几丈长的鞭炮，丝竹悠扬，锣鼓喧天，那热烈的气氛，把新年带上了最高潮。

我家前门深藏在一条长长的幽径里，后门临着大路，所以迎灯队是从后门经过的。我连晚饭都没心吃，老早就站在矮墙头上等。远远看见灯笼火把像一条火蛇似的从稻田中游来，我就合掌朝着那方向拜。队伍渐渐近了，高大的开路先锋摇晃着双臂过去后，就是乐队、香案、马盗。菩萨的銮驾在最后，晴天就坐明銮，可让大家一睹风采。马盗是七匹马为一队，村里的青少年画了脸谱，穿了短打武生的装束，威风凛凛地骑在马上，左顾右盼，好不令人羡慕。马盗有时一队，有时两队，愈多表示地方上愈富足，也有点和其他村庄比赛的意思。当时有瞿溪、郭溪、云溪三个紧邻的村庄，"三条溪"的迎灯盛会比赛是有名的。

迎灯队一过去，我和小朋友们马上就赶到上殿去看戏。这时前面的三出已演过，开始上正本了。阿标叔说："内行人看正本，外行人老早坐着等。"三出也好，正本也好，我都不懂，我赶的是"'爽'得爆裂开来"的热闹。

初八是下殿佛迎到上殿来回拜，看前面三出戏。所以我又老早赶到庙里，看菩萨兄弟行见面礼。他们相对一鞠躬，相对坐在大殿上，春风满面的样子。崭新的头盔，崭新的蟒袍，金光闪闪，好不威风。我被阿荣伯扶着站在长凳上，一会儿望戏台上演的戏，一会儿望两位菩萨兄弟，脖子都摇酸了。三出戏演完，下殿佛銮驾起身告别，上殿佛送到大门口，鞭炮震天价响起。大家都说："菩萨好灵啊，百子炮蹦落在他膝盖上，蟒袍都不会烧起来。"我们一群孩子都紧紧跟在上殿佛銮驾边上。我的手偷偷地摸摸他的蟒袍，也摸摸他放在椅靠上的手，再抬头看看他的慈眉善目。想起老师曾教我临颜真卿的字，忽然觉得菩萨原来就是人变的，好像很接近似的。

下殿佛回銮以后，高潮已过，我就没心思再看戏了。阿荣伯一向最爱看有情有义、有头有尾的正本戏。如果外公已经来我家，这个时候，他就会来接我回去。他起先总喜欢在家里跟阿标叔下棋，讲《三国演义》，所以我又想回家听他们讲。

最最盛大的迎灯庙戏已经结束，只剩下十五元宵节最后一个热闹场面了。十五一过，我又得关回屋子里读书了。于是我反倒希望灯节慢点到，越慢越好。

灯节还是转眼就到了。长工们忙着打扫前院，准备祭品迎龙。大龙要在我们家大院子里滚。所有的孩子都会提着各种各样的灯来看热闹。我嚷着要从城里买来的漂亮灯，跟小朋友们比一比。母亲说："家里前前后后全是灯，还不够多的？"她就是舍不得花钱买。阿标叔又戴起老花眼镜，给我糊一盏在地上慢慢爬，不像兔子也不像狗的，不知什么灯，四只脚是用洋线团木心子做的。红纸不透明，哪有城里那种五光十色透明玻璃纸的灯好看呢？外公老是吹自己会糊各种各样的灯——关刀灯、轮船灯、莲花灯……可是事实上，他只会给我糊直统统的鼓子灯。他说年轻时行，现在手发抖，糊不起来了。我做出很喜欢的样子说鼓子灯最好，不小心烧个大窟窿，马上可以再用红纸补上。外公笑呵呵地说："鼓子笔直通到底，表示正直，无忧无虑。"外公对什么东西都会说出一番道理来。

十五晚上，前院早已摆好祭桌，几丈长的百子炮高高挑起，人潮一波一波地涌来。我把鼓子灯挂在树上，在人丛里挤来挤去找小朋友玩。可是一听锣鼓响起，鞭炮齐鸣，我又躲到大人身后面，从人缝里看大龙。大龙昂着头，瞪着一双大眼睛，张牙舞爪地来了。我有点害怕。主祭者念完一段词儿，锣鼓又响起，大龙就开始滚舞了。每个舞龙者手举一段龙身，穿花似的美妙滚舞。他们平时都是普普通通的农夫，但这时都变成了龙的一部分。那样神奇的契合，看得我目瞪口呆，心里总是在盼望着，"再多舞一下，再多舞一下"。可是还有好几处有祭典，大龙终于摇头摆尾从大门出去了。人潮也随着散去，最后的热闹高潮也告结束了。

我呆呆地站在地上，外公取下鼓子灯递给我，说："快回到厨房帮你妈妈搓汤团，在汤团里许个心愿。"

"许个什么心愿呢？"我茫茫然地问。

"你想想看。"

"我也不知道。我只想天天像过年这样的热闹，外公不要回山里去，爸爸也不要常常出远门。大家都在一起，还有阿荣伯、阿标叔都要统统在一起。"

外公笑了一下说："那容易，只要你用功把书念好。"

"这跟念书有什么关系呢？"我不大明白。

"只要是读书人，无论是男是女，长大后都会有一番事业，有了事业，你就可以接了大家相守在一起，不是天天跟过年一样的热闹吗？"

我还是想不大通。走进厨房，看母亲已经搓好一大木盘的汤团准备要下了。我在她耳边轻声地说："妈妈，代我许个心愿，随便你怎么说。"母亲笑笑，没有作声，只把菜油灯芯剔得高高亮亮的，又在碗橱抽屉里取出那对红蜡烛，就着菜油灯点着了，套在灶上的两个烛台里。"风水烛，一年到头都顺风顺水。"她喃喃地说。

吃汤团的时候，我问："妈妈，你刚才许了什么心愿呢？"母亲笑嘻嘻地说："我不用许什么心愿了。一家团团圆圆的，已经再好没有了。外公，您说是吗？"

外公摸着白胡须连连点头。

外面的鞭炮声又响起来。我擦根火柴，把长桌上的一对风水烛点燃，给屋子里添点温暖和喜气。可是家里人口简单，儿子已经远行在外。外子只顾看书报，默不作声。我总觉得有点冷清清的，索性披上大衣，出去看看街景。在街角看到好多可爱的花灯，我一口气买了四盏，一盏狗灯和一盏鱼灯送好友菱子的一对小外孙，也过过做奶奶的瘾。剩下的两盏，我把它们高高挂起。圆圆的那盏，就想象是外公给我的鼓子灯，希望它照得我无忧无虑。另外一盏嘛，算是为早已成人、还在海外的儿子买的，默祝他客中平安快乐。但不知他在异乡异土，还记不记得幼年时，由妈妈陪着他在巷子里和小朋友们提灯的情景。

悠悠岁月，虽然逝去，也不必惆怅感怀。阿荣伯说得对，大人们总是要老去的，只要小辈长大，能一代一代接下去就好。

我没有搓汤团，也不必许什么心愿了。

春　酒

农村时代的新年，是非常长的。过了元宵灯节，年景尚未完全落幕，还有个家家邀饮春酒的节目，再度引起高潮。在我的感觉里，其气氛之热闹，有时还超过初一至初五的五天新年呢。原因是：新年时，注重在迎神拜佛，小孩子们玩儿不许在大厅上、厨房里，撞来撞去，生怕碰碎碗盏。尤其我是女孩子，蒸糕时，脚都不许搁在灶孔边，吃东西不许随便抓，因为许多都是要先供佛与祖先的。说话尤其要小心，要多讨吉利，因此觉得很受拘束。过了元宵，大人们觉得我们都乖乖的，没闯什么祸，佛堂与神位前的供品换下来的堆得满满一大缸，都分给我们撒开地吃了。尤其是家家户户，轮流地邀喝春酒，我是母亲的代表，总是一马当先，不请自到，肚子吃得鼓鼓的跟蜜蜂似的，手里还捧一大包回家。

可是说实在的，我家吃的东西多，连北平寄回来的金丝蜜枣、巧克力糖都吃过，对于花生、桂圆、松糖等等，已经不稀罕了。那么我最喜欢的是什么呢？乃是母亲在冬至那天就泡的八宝酒，到了喝春酒时，就开出来请大家尝尝。"补气、健脾、明目的哟！"母亲总是得意地说。她又转向我说："但是你呀，就只能舔一指甲缝，小孩子喝多了会流鼻血，太补了。"其实我没等她说完，早已偷偷把手指头伸在杯子里好几回，已经不知舔了多少个指甲缝的八宝酒了。

八宝酒，顾名思义是八样东西泡的酒，那就是黑枣（不知是南枣还是北枣）、荔枝、桂圆、杏仁、陈皮、枸杞子、薏仁米，再加两粒橄榄。要泡一个月，打开来，酒香加药香，恨不得一口气喝它三大杯。母亲给我在小酒杯底里只倒一点点，我端着、闻着，走来走去，有一次一不小心，跨门槛时跌了一跤，杯子捏在手里，酒却全洒在衣襟上了。抱着小花猫时，它直舔，舔完了就呼呼地睡觉。原来我的小花猫也是个酒仙呢！

我喝完春酒回来，母亲总要闻闻我的嘴巴，问我喝了几杯酒。我总是说："只喝一杯，因为里面没有八宝，不甜呀。"母亲听了很高兴，自己请邻居来吃春酒，一定每人给他们斟一杯八宝酒。我呢，就在每个人怀里靠一下，用筷子点一下酒，舔一舔，才过瘾。

春酒以外，我家还有一项特别节目，就是喝会酒。凡是村子里有人需钱急用，要起个会，凑齐十二个人，正月里，会首总要请那十一位喝春酒表示酬谢，地点一定借我家的大花厅。酒席是从城里叫来的，和乡下所谓的"八盘五"、"八盘八"不同（就是八个冷盘，当中五道或八道大碗的热菜），城里酒席称为"十二碟"（大概是四冷盘、四热炒、四大碗煨炖大菜），是最最讲究的酒席了。所以乡下人如果对人表示感谢，口头话就是："我请你吃十二碟。"因此，我每年正月里，喝完左邻右舍的春酒，就眼巴巴地盼着大花厅里那桌十二碟的大酒席了。

母亲是从不上会的，但总是很乐意把花厅供给大家请客，可以添点新春喜气。花匠阿标叔也巴结地把煤气灯玻璃罩擦得亮晶晶的，呼呼呼地点燃了，挂在花厅正中，让大家吃酒时发拳吆喝，格外地兴高采烈。我呢，一定有份坐在会首旁边，得吃得喝。这时，母亲就会捧一瓶她自己泡的八宝酒给大家尝尝助兴。

席散时，会首给每个人分一条印花手帕。母亲和我也各有一条，我就等于有了两条，开心得要命。大家喝了甜美的八宝酒，都问母亲里面泡的是什么宝贝。母亲得意地说了一遍又一遍，高兴得两颊红红的，跟喝过酒似的。其实母亲是滴酒不沾唇的。

不仅是酒，母亲终年勤勤快快地做这做那，做出新鲜别致的东西，总是分给别人吃，自己都很少吃的。人家问她每种材料要放多少，她总是笑眯眯地说："大约模子差不多就是了，我也没有一定分量的。"但她还是一样一样仔细地告诉别人。可见她做什么事，都有个尺度在心中的。她常常说："鞋差分、衣差寸，分分寸寸要留神。"

今年，我也如法炮制，泡了八宝酒，用以供祖后，倒一杯给儿子，告诉他是"分岁酒"，喝下去又长大一岁了。他挑剔地说："你用的是美国货的葡萄酒，不是你小时候家乡自己酿的酒呀。"

一句话提醒了我，究竟不是道地家乡味啊。可是叫我到哪儿去找真正的家醅呢？

粽子里的乡愁

异乡客地，愈是没有年节的气氛，愈是怀念旧时代的年节情景。

端阳是个大节，也是母亲大忙特忙、大显身手的好时光。想起她灵活的双手，裹着四角玲珑的粽子，就好像马上闻到那股子粽香了。

母亲包的粽子，种类很多。莲子红枣粽只包少许几个，是专为供佛的素粽。荤的豆沙粽、猪肉粽、火腿粽可以供祖先，供过以后称之为"子孙粽"，吃了将会保佑后代儿孙绵延。包得最多的是红豆粽、白米粽和灰汤粽。一家人享受以外，还要布施乞丐。母亲总是为乞丐大量地准备一批，美其名曰"富贵粽"。

我最最喜欢吃的是灰汤粽。那是用早稻草烧成灰，铺在白布上，拿开水一冲，滴下的热汤呈深褐色，内含大量的碱。把包好的白米粽浸泡灰汤中一段时间（大约一夜晚吧），提出来煮熟，就是浅咖啡色带碱味的灰汤粽。那股子特别的清香，是其他粽子所不及的。我一口气可以吃两个，因为灰汤粽不但不碍胃，反而有帮助消化之功。过节时若吃得过饱，母亲就用灰汤粽焙成灰，叫我用开水送服，胃就舒服了，完全是自然食物的自然治疗法。母亲常说我是在灰汤粽里长大的。几十年来，一想起灰汤粽的香味，我就神往童年与故乡的快乐时光，但在今天到哪里去找早稻草烧出灰来冲灰汤呢？

　　端午节那天，乞丐一早就来讨粽子，真个是门庭若市。我帮着长工阿荣提着富贵粽，一个个地分，忙得不亦乐乎。乞丐常高声地喊："太太，高升点（意谓多给点）。明里去了暗里来，积福积德，保佑你大富大贵啊！"母亲总是从厨房里出来，连声说："大家有福，大家有福。"

　　乞丐去后，我问母亲："他们讨饭吃，有什么福呢？"母亲正色道："不要这样讲。谁能保证一生一世享福？谁又能保证下一世有福还是没福？福是要靠自己修的。时时刻刻要存好心、要惜福最要紧。他们做乞丐的，并不是一个个都是好吃懒做的，有的是一时做错了事，败了家业；有

018

的是上一代没积福，害了他们。你看那些孩子，跟着爹娘日晒夜露地讨饭，他们做错了什么，有什么罪过呢？"

母亲的话，在我心头重重地敲了一下。因而每回看到乞丐们背上背的婴儿，小脑袋晃来晃去，在太阳里晒着，雨里淋着，心里就有说不出的难过。当我把粽子递给小乞丐时，他们伸出黑漆漆的双手接过去，嘴里说着："谢谢你啊！"眼睛睁得大大的，看着我一身的新衣服。他们有许多都和我差不多年纪，差不多高矮。我就会想，他们为什么当乞丐，我为什么住这样的大房子，有好东西吃，有书读？想想妈妈说的，谁能保证一生一世享福，心里就害怕起来。

有一回，一个小女孩悄声对我说："再给我一个粽子吧。我阿婆有病走不动，我带回去给她吃。"我连忙给她一个大大的灰汤粽。她又说："灰汤粽是咬食（帮助消化）的，我们没有什么肉吃呀！"我听了很难过，就去厨房里拿一个肉粽给她，她没有等我，已经走得很远了。我追上去把粽子给她。我说："你有阿婆，我没有阿婆了。"她看了我半晌说："我也没有阿婆，是我后娘叫我这样说的。"我吃惊地问："你后娘？"她说："是啊！她常常打我，用手指甲掐我，你看我手上脚上都有紫印。"

听了她的话，我眼泪马上流出来了，我再也不嫌她脏，拉着她的手说："你不要讨饭了，我求妈妈收留你，你帮我们做事，我们一同玩，我教你认字。"她静静地看着我，摇摇头说："我没这个福分。"

她甩开我的手，很快地跑了。

我回来呆呆地想了好久，告诉母亲。母亲也呆呆地想了好久，叹口气说："我也不知道要怎样做才周全，世上苦命的人太多了。"

日月飞逝，那个讨粽子的小女孩，她一脸悲苦的神情，她一双吃惊的眼睛和她坚决地快跑而逝的背影，时常浮现在我脑海。她小小年纪，是真的认命，还是更喜欢过乞讨的流浪生活？如果她仍在人间的话，也已是年逾七旬的老妪了。人世茫茫，她究竟活得怎样，活在哪里呢？

每年的端午节来临时，我很少吃粽子，更无从吃到清香的灰汤粽。母亲细致的手艺和琐琐屑屑的事，都只能在不尽的怀念中追寻了。

桂花卤·桂花茶

家乡老屋的前后大院落里，最多的是桂花树。一到八九月桂花盛开的季节，那岂止是香闻十里，简直是全个村庄都香喷喷的呢。古人说："金风送爽，玉露生香。"小时候老师问我怎么解释，我就信口说："桂花是黄色的，秋天里，桂花把风都染成黄色了，所以叫作金风。滴在桂花上的露珠，当然是香的，所以叫玉露生香。"老师点头认为我胡诌得颇有道理哩。

母亲却能把这种桂花香保存起来，慢慢儿地享受，那就是她做的桂花卤、桂花茶。

桂花有银桂、金桂两种。银桂又名木樨，是一年到头月月开的，所以也称月月桂。花是淡黄色的，开得稀稀落落的几撮，深藏绿叶之中，散发着淡淡的清香，似有若无。老屋正厅庭院中与书房窗外各有一株。父亲于诵经吟诗之后，总喜欢命我端把藤椅坐在走廊上，闻闻木樨的清香，说是有清心醒脾之功。所以银桂的香味在我心中留下特别深刻的印象。在台北时，附近巷子里有一家院墙里有一株，轻风送来香味时，就会逗起我思念故乡与亲人。

与银桂完全不同的是金桂，开的季节是中秋前后。金黄色的花，成串成球，非常茂密，与深绿色的叶子相映照，显得很壮观。但是开得快，谢得也快，一大阵秋雨，就纷纷零落了。母亲不像父亲那样，她可没空闲端把椅子坐下来闻桂花香，她关心的是金桂何时盛开，潇潇秋雨，何时将至。母亲称之为秋霖，总要抢在秋霖之前把金桂摇下来才新鲜，因为一被雨水淋过，花香就消失了。不像银桂，雨打也不容易零落，次日太阳一照，香气又恢复了。所以父亲说木樨是坚忍的君子，耐得起风雨；金桂是赶热闹的小人，早盛早衰。母亲却不愿委屈金桂，她说银桂是给你闻的，金桂是给你吃的，不是一样的好吗？什么君子小人的?!

摇桂花对母亲和我来说，是件大事，其忙碌盛况就跟谷子收成一般。摇桂花那一天，必须天空晴朗，保证不会下雨。一大早，母亲就在最茂盛的桂花树上，折下两枝供在佛堂里与祖先神位前，那一份虔敬，就仿佛桂花在那一天就要成仙得道似的。

太阳出来晒一阵以后，长工就帮着把篾簟铺在桂花树下，团团围住，然后使力摇着树干。花儿就像落雨似的落在簟子上。我人矮小，力气又不够，又不许踩到簟子里，只有站在边上看。一阵风吹来，桂花就纷纷落在我头上、肩上，我就好开心。世上有这样可爱喷香的雨吗？父亲还作了首诗说"花雨缤纷入梦甜"。真的是到今天回味起来，都是甜的呢。

摇下来好多簟的桂花，先装在篓里，然后由母亲和我，还有我的小朋友们，一同把细叶子、细枝、花梗等拣去，拣净后看去一片金黄，然后在太阳下晒去水分。待半干时就用瓦钵装起来，一层糖（或蜂蜜），一层桂花，用木瓢压紧装满封好，放在阴凉处。一个月后，就是可取食的桂花卤了。过年做糕饼是绝对少不了它的，平常煮汤圆、糯米粥等，挑一点加入也清香提神。桂花卤是越陈越香的。

母亲又把最嫩的明前或雨前茶焙热，把去了水汽半干的桂花和入，装在罐中封紧，茶叶的热气就把桂花烤干，香味完全吸收在茶叶中。这是母亲加工的做法。一般人家从我们家讨了桂花，就只将它拌入干的茶叶中，桂花香就不能被吸收，有的甚至烂了。可见什么东西都得花心思，有窍门的。剩下的，母亲就用作枕头芯子，那真合了诗人说的"香枕"了。

母亲日常生活，十二分简朴，唯有泡起桂花茶叶来，是一点不节省的。她每天在最忙碌之时，都要先用滚水沏一杯浓的桂花茶，放在灶头，边做事边闻香味，到她喝茶时，水已微凉了。她一天要泡两次桂花茶，喝四杯。她说桂花茶补心肺，菊花茶清肝明目，各有好处。她还边喝边唱："桂花茶，补我心，我心清时万事兴。万事兴，虔心拜佛一卷经。"喝过的茶叶，她都倒在桂花树下，说是让花叶都归根。母亲真是通晓大自然道理的"科学家"呢。

杭州有个名胜区叫满觉陇，盛产桂花。八九月间，桂花盛开时，也正是栗子成熟季节。栗树就在桂树林中，所以栗子也有桂花香味。我们秋季旅行时，在桂花林中的摊位上坐下来，只要几枚铜板，就可买一碗热烫烫的西湖白莲藕粉煮的桂花栗子羹。那嫩栗到嘴便化，真是到今天都感到齿颊留芳。林中桂花满地，踩上去像踩在丝绒地毯上。母亲说西方极乐世界有"玻璃琉璃，金沙铺地"。我想，那金沙哪有桂花的软，桂花的香呢？

故乡的桂花，母亲的桂花卤、桂花茶，如今都只能于梦寐中寻求了。

春雪·梅花

春柳池塘明媚处
梅花霜雪更精神

寒冬渐远，春已归来。遥想宝岛台湾，早该是风暖花开的艳阳天了。此间前些日子已渐露春意，没想到突然来了一阵暴风雪，气温又一度降到隆冬严寒。

我虽畏寒，却是恋雪成痴。一听说大风雪将至，反而禁不住地高兴。守着窗儿，热切地盼望大雪降临。看天空中丝丝细雨，渐渐夹杂着小朵雪花，我就喃喃地念起家乡谚语来："雨带雪，落到明年二三月。"现在可不已经是"明年二三月"了吗？这是春天里的冬天，也是个"飘雪的春天"，多可爱啊！

　　这个冬天，纽约虽然下过几场雪，但都不算壮观。转眼已过了春分，我老是问来此多年的朋友："还会下雪吗？"他们说："会啊！去年四月里还下了场大雪呢。"所以一听有风雪的气象预报，我总是盼望着，雪会下几寸呢？能积到一尺吗？积得越厚越好。外子好生气，说我这个老顽童，真是黄鹤楼上看翻船，丝毫也不体谅他们顶着风雪开车上班的有多辛苦。

　　小干女儿有一次来信说："今年天气特别冷，阳明山、竹子山都下雪了。我和同学上山赏雪景，看见许多汽车前面堆着小雪人，一路开，小雪人一路淌着汗水，渐渐地就化光了，好可惜啊。"她如果看到这里的大雪，一定会堆个雪人，比她自己这个小人儿大好几倍呢。

　　雪的可爱，是它的悄然无声，默默地累积起来。比起下雨天淅淅沥沥的情趣又是不同，是另一种宁静与安详。而那棉花糖似的一片白，格外使我怀念小时候下雪天的快乐情景，心头就有说不出的温暖。

　　我的故乡永嘉，虽然是温带的南方，但农历正月初七八的迎神提灯庙会，常常都逢上大雪天。冒大雪去看庙戏，是我最最开心的事。阿荣伯过新年那几天，就只顾昏天黑地地推牌九。外公却最喜欢一边看戏，一边"讲古"。"有外公带我去看戏，妈妈只管放一百二十个心。"我总是这样对母亲说的。外公套上高筒钉鞋，一手撑雨伞，一手提灯笼，叫我紧紧捏着他大棉袄的下摆，踩着他的钉鞋脚印，一步一步往前走。我只要喊："好冷啊！"外公就说："怎么会冷？越走越暖和的。"红灯笼的光影，晃晃荡荡地映在雪地上，真的就暖和起来了。我后面还有一大串小朋友，都喜欢跟着外公走。外公大声地喊着："来来来，前照一，后照七。跟着我走，一定不会跌跤。"他年纪虽大，走得却一步一步稳稳健健的。他说："要记住，在风雪中走路，不要停下来，停下来就会冻僵啊！"

我记住外公的话了。长大以后，多少次顶着风雪向前走，都挺过去了。我心里总是在想，双手紧紧捏着外公那件结实的粗布大棉袄，踩着他的大钉鞋脚印，跟着那盏映在雪地里的红灯笼一步一步向前走。

雪积得厚了，外公就用丝瓜瓢兜了雪装在瓦罐里，装满好几罐，放在阴冷的墙角。开春以后，用雪水泡茶喝是平火气的。喉头痛就拿雪水加盐漱口，马上会好。但外公说兜雪时一定要用丝瓜瓢、竹瓢或木瓢，不能用铁器。雪一定要冬雪，立春以后的雪就不行了。兜雪又是我最最喜欢做的事，尽管兜得一半天、一半地，鞋袜都湿透了，外公还是要我帮忙。"多沾点雨雪，长大了身体才壮健。"母亲还会别出心裁，叫我把树枝上、梅花梗上的雪，撮下来装在一只漂亮的玻璃缸里，每天倒一杯雪水供佛。她说："花木上的雪才净，供佛的是净水呀！"我撮雪撮得手都冻僵了，外公绝不许我烘火笼、泡热水，反捏了一把雪在我手背手心上使力地擦，擦得我直尖叫。外公说："不要叫，熬一下，一会儿手就会发烫。"真的，一会儿手就发烫了。外公真是位全科医生呢。他说天上的霜雪雨水，地上的树木花草，和人的血脉五脏都是相连的。这就叫"天地人三才合一"。人有病痛，吃了天地给你的"药"就会好。外公的医理，不就是今天讲求的"自然食物"吗？

我们到了杭州以后，因为冬天比故乡冷，下雪的日子更多，我也更开心了。杭州人说："吃了端午粽，还要冻三冻。"所以春分前后，还常常下大雪。雪积得太厚，交通受阻，学校虽不正式停课，路远的学生不能来也就不算缺课；大清早我一睁开眼，看见下雪了，就连声念："菩萨保佑，雪下大一点，下一整天，下一整夜，明天就不用上学了。"可是我家离学校实在太近，尽管下大雪，父亲还是叫包车夫送我去。我宁可自己踩着厚雪去，做出很刻苦勤学的样子。到课堂里，同学们到得零零落落。英文老师就坐在讲台上，督促我们自修，分组比赛拼生字、背书、造句，大家竞争得都冒出汗来。国文老师就讲故事、念诗给我们听。

我们最喜欢的老校工光伯伯（因为他头上光光的，没有一根头发），替我们在炉子里生起熊熊的火，上面放一把铜茶壶，水咕嘟咕嘟地开。我就取出从家里偷来的咖啡茶来泡。那是一包包长方形的糖，里面有一团棕色咖啡粉，开水一冲，比今天的即溶咖啡还方便，好香啊。可爱的光伯伯最疼我们这一班小孩，给我们拿来烤山薯，放在炉架上再一烤，大家分来吃，满教室都香喷喷的。只有下雪天才准有这样的享受。因为我们冒雪来上学，校长和训导主任都夸我们勤奋好学，所以给我们自修课里吃东西的自由，作为鼓励。

十分钟休息时间，大家到校园里堆雪人，玩雪球，东一个雪人，西一个雪人。天一放晴，太阳出来，雪人就渐渐变小，变矮了。有时还没化完，第二场雪又来了，小雪人就被新雪掩没，成了一堆堆的小山丘。有一次，我在作文里写道："一粒细细的尘土，水蒸气把它变成一朵美丽的雪花。雪花融了，水又变成蒸气升空，尘土回归尘土。这就是大自然的循环。在循环中，我们享受了美景，花木获得了生机，可是雪花总是默默无声……"自以为写得很"哲学"，老师给了我好多圈圈。

父亲有位好友刘景晨伯伯，他是个诗人，喜欢写字、画梅花，酒量又好。每回来我家，一住总是十天半月。冬天一下雪，刘伯伯就用家乡调念起一首诗来："有梅无雪不精神，有雪无诗俗了人。日暮诗成天又雪，与梅添作十分春。"我说："刘伯伯，岂止是'有梅无雪不精神'，有梅无酒也不精神呀！"刘伯伯抚掌大笑道："说得对，说得好，快快拿酒来。"他边喝酒边眯起眼睛对着庭前雪中梅树凝望，看来他就要吟诗了。父亲不是诗人，但好友来时，他也会作诗。有一首诗，刘伯伯夸他作得好，还用红朱笔在后面四句加了密密的圈呢。那四句是："老去交情笃，闲来意兴浓。倾杯共一醉，知己喜重逢。"我说："爸爸，您并没有喝酒，怎么说'共一醉'呢？"父亲笑道："诗心似醇酒，不醉也惺忪。"刘伯伯大为赞赏起来，连声说："好诗，再干一杯。"我喜欢看刘伯伯借题目喝酒的醉态，我更爱父亲随口吟来的"白话诗"。看他们两位老友一唱一和的快乐，我这个十三四岁的小女孩，意兴也浓起来了。

于是我磨了墨，摊开纸说："刘伯伯，您酒也喝了，诗也作了，现在该画梅花啰。"刘伯伯说："慢着慢着，画梅以前要先写字。"他又念起他那套说了好多遍的大道理来："梅花与书法最接近，要学画梅必须勤练书法。梅的枝干如隶篆，于顿挫中见笔力；梅梢与花朵似行草，于曲直中见韵致。这与身心的修养有关，中国画最能见真性情，心灵的境界高了，画的风格也会高。"他说得那么高深莫测。我却只知道在图画课里跟着老师的样本一笔笔地描，连写字也是看一个字描一个字，哪里懂得什么韵致、风格呢。

刘伯伯写完一张大字、一张小楷，才开始画梅花，随画随扔进字纸篓。我问他为何不留起来，他说："要画到真能传神的一幅才留起来，可是太难了。画梅难，作咏梅诗也难。林和靖的'暗香疏影'传诵千古，一来是因为他有'梅妻鹤子'的韵事，二来是因为姜白石作了《暗香》《疏影》两首词。"我问他："那么刘伯伯的咏梅诗呢？"他又大笑说："我的咏梅诗，最好的一首还在肚子里哩。"父亲又随口笑吟道："雪梅已是十分春，却笑晨翁诗未成（刘伯伯名景晨）。"刘伯伯马上接口道："高格孤芳难着墨，无如诗酒两忘情。"刘伯伯真有点眼高手低，只好借题目喝酒了。

看他们出口成诗，我也想作了。有一天，跟父亲、刘伯伯去孤山踏雪赏梅。看那条直通里外湖的博览会桥上，游人熙来攘往，喧闹的声音，把静谧的放鹤亭打扰得失去了"暗香疏影"的清趣。我也学着父亲口占打油诗一首："红板长桥接翠微，行人如织绮罗鲜。若教逋叟灵还在，应悔梅花种水边。"不管韵押得对不对，自以为也是七个字一句的"诗"呢。父亲连声夸我作得好。刘伯伯却很严肃地教导我，不可一开始学作诗，就是一副随随便便的样子，会把诗作"流"了，以后永远作不好了。吓得我再也不敢在他面前信口开河了。这是我在初中时代作的第一首"诗"，受了一顿教诲，所以一直记得。

抗战中，杭州沦于日寇。胜利复员，回到旧宅，喜见庭院中的一株绿梅，依然兀立无恙。春雪初霁，好友多慈姊与她夫婿许绍棣先生时来舍间小坐。多慈姊看见书窗外绿梅含苞待放，一时兴来，就展纸濡墨，画下了那株劫后梅花的风貌，并嘱我题词以留纪念。我勉强作了一首《临江仙》，却因字体拙劣，坚持不肯题在画上。那首词，我只比较喜欢下片的四句："相逢互诉相思，年年长伴开时。惜取娉婷标格，好春却在高枝。"

那幅梅花，虽已带到台湾，竟因住永和时被大水损坏。多慈姊曾多次欲为重画，总以每次都相聚匆匆而未果。她与绍棣先生都不幸相继作古。故人远去，墨宝无存，怎不令人哀伤痛惜呢？

现在我珍存的有一小幅先辈名家余绍宋先生的红梅，是绍棣先生代为求得的。另一幅大学老师任心叔先生的墨梅，上面题着一首诗："画梅如画松，貌同势不同。爱此岁寒骨，不受秦王封。"任老师一身傲骨，后忧愤而死。此外是一张放大的梅花摄影作品，那是郑曼青先生二十年前上玉山赏雪赏梅，特地摄下的照片。他说高山上的雪梅，风姿太美，笔墨丹青，难以传神，只好依赖照相机多多摄取它的多种风貌。承他赐赠一张，留作纪念，在台北时，我一直悬之壁间，于炎夏中可带来一点凉意，也使我感念故人厚谊。这几幅宝贵的纪念品，于客中都未带来，真觉住处有"家徒四壁"之感呢。

台湾气候，虽不易在平地多植梅花，但梅花是中华民族坚贞不移的精神象征，民心爱梅花，并不在乎到处都能赏梅。尽管是在"春柳池塘明媚处"，也能体认"梅花霜雪更精神"的意义。

美国是个没有经过太多苦难的年轻国家，他们爱的是春来的姹紫嫣红和日本人所赠的娇艳而短暂的樱花。所以在这里，不知何处去寻找梅花，他们怎也不懂得中国人爱梅的心情。

雪后初晴，春寒料峭，我又神驰于杭州旧宅中那株绿梅。数十年的刻骨严寒，它定当傲岸如故吧。

老钟与我

　　家乡老屋正厅灰土土的墙壁上，挂着一口灰土土的大自鸣钟。嘀嘀嗒嗒的声音倒是很清脆的。敲起来当当当，也很好听。其实它敲的时刻并不准确，三点常常只敲两下，十一点又偏偏巴结地敲了十二下，由它高兴。只有半点钟时，一定只敲当的一下，非常干脆。单凭这一点，就让我们感到很骄傲，因为只有我们家有一口从外国带回来的自鸣钟。

　　我读书的房间，是在正厅的右前方，中间隔着一个天井。无论我在书房里读书习字，或在天井里踢毽子滚铁环，自鸣钟一敲，我总要竖起耳朵听，扳着指头数。我最最喜欢听它连敲十二下。不管它长短针指的是不是十二点，我都会连声喊："我饿死啰，我要吃中饭啰。"

其实发黄的钟面上，那两根长短针是摆摆样子的。认真看的时候，就会越看越糊涂，因为长针忽然会掉下一大截，跳过十几分钟，短针呢，有时老钉在一个数字上不动。一天十二个时辰，也不知哪一时、哪一刻是正确的。但无论如何，它是我们全家的"众望所归"。有这么威严的自鸣钟，挂在大厅正中央，表示潘宅与左邻右舍比起来，神气得多，有文化得多了。

老长工阿荣伯告诉我说："这口自鸣钟是你二叔公去欧罗巴洲的德意志做生意时带回来的，那时我还是个壮汉，你呢，正在杭州关头做狗叫呢！"（注：我家乡话，还没有投胎的意思。杭州表示很远的地方。）

我顶顶不高兴他说这句话取笑我，好像我一点世面都没见过似的。我却爱听他说"欧罗巴洲"和"德意志"几个字，字音咬得清清楚楚。脸上的得意神情，就跟母亲说起父亲给我寄回来的"法兰西"帽子时一模一样。我不喜欢戴那顶法兰西帽子，就跟我不喜欢看老钟的时刻一样，因为戴上帽子显得自己好土气，看老钟时刻显得自己好笨。"这么大了，连钟都不会看。"四叔时常奚落我。我说："钟本来就不准嘛。"他说："管它准不准呢，你总要会说指针指的时刻呀！你会说吗？现在长针指在哪个数字上？短针指的几点呢?"我一气,扭着脖子就走得远远的。

阿荣伯却对老钟很有信心。在天井里扫落叶,扫着扫着就走进来抬头看看钟,再回身看看台阶上的太阳,嘴里咕噜咕噜地念着:"日头晒到走廊上喽,该给田里送接力(点心)喽。"其实是什么时辰,他心里早已有数,看钟只不过表示他也会认钟面上的罗马字就是了。

钟一敲起来,修剪花木的阿标叔就会看一下自己手上的江西老表,露出非常得意的神情说:"时光真快,又过了半个钟头了。"母亲在厨房里忙碌着,是听不到钟声的。她有时看日头,有时听鸡叫,就会喊我:"小春呀,去看看钟,现在几点钟了。"我就懒洋洋地说:"看什么呢,一点也不准。"母亲说:"你老师每天正午都拿日晷在太阳底下对一遍,怎么不准?"

这倒是真的,有太阳的大晴天,老师就捧出他的宝贝日晷,摆在台阶上,看那条红丝线和影子合成一条,就知道是正午时分。然后跨上茶几把老钟的长短针扳拢,让它们拼在一起,听它当当当地敲十一下或者十二下,满意地合上玻璃盖。可是有什么用呢?走着走着,长针又会掉下一大截。我问老师,钟不准为什么不拿到城里去修理,老师说:"修一修要花不少钱,因为是外国货,零件要到上海去配。你妈妈说要等你爸爸回来再拿去修。"四叔就连连摇头说:"病入膏肓,已经无药可救了。"四叔总是那么咬文嚼字的,听了叫人好生气。

老师除了教四叔和我读书以外,还在乡村小学当校长。每天他都要抽空去学校巡视一番。临走以前总要抬头瞄一下钟,然后点给我们一大堆功课:习大小字各一张,背《孟子》一节,背唐诗一首……我总是很听话地一样样做。四叔却吊儿郎当地一点不用心。其实他聪明绝顶,《孟子》、唐诗早都会背了。我边做功课边听钟已经敲过好几回了,书还是结结巴巴地不大会背。四叔说:"不要急。老师没这么快回来,他有脚气病,田岸路走快了会跌筋斗的。"逗得我咯咯地笑弯了腰。

老师回来时,又瞄了下老钟说:"书会背了吗?大小字写好了吗?"我没有作声。斜眼看四叔,他却在九宫格上画了口大钟,边上写了两行字:"老钟老钟,真是冬烘。没有老钟,岂不轻松。"老师拿过去看。我以为他一定会大发雷霆,一拳捶在桌子上的,没想到他竟然咧嘴笑了,笑一下又马上挂下脸说:"一点都不用心,罚写大字三张。"其实四叔的字写得比老师都好,他写的是"魏碑",老师还拿到学校给小学生当示范呢!也怪不得四叔一副自视不凡的样子。

我写信给在北平的哥哥,把四叔题老钟的诗抄给他看。

哥哥回信也给我画了个钟，告诉我这是他摆在床头最最漂亮的闹钟，闹起来声音像音乐，每天早晨催他起床上学。他说回来后把它放在书房里，我们兄妹并排儿坐着读书。上课时上课，休息时休息，不像老钟那样糊里糊涂没个标准了。

我天天盼着爸爸和哥哥回来，天天盼着那只漂亮的闹钟。

可是哥哥没有回来，他永远没有回来。伤心的父亲把闹钟递给我时，泪水滴落在我手背上。一向淘气的四叔，也在一旁频频擦眼睛。

我把哥哥的闹钟摆在书桌上，它报时准确，分秒不差。我虽然已学会看钟了，但心里并不因此觉得快乐。下课后，走到大厅里，仍不免抬头望望老钟。它像个垂暮的老人，却仍是勤恳地嘀嗒着。父亲似乎总不曾注意到它。有一天，我要求父亲说："爸爸，把老钟修理一下吧！它一点力气没有，要停摆了。"父亲说："它太老旧，恐怕不能修呢！"我说："一定修得好的。阿荣伯说它是二叔公从欧罗巴洲带回的名牌好钟。他说那时我还在杭州关头做狗叫呢！"

父亲莞尔笑了，这是他回家乡以来，第一次笑得那么喜悦。他命阿标叔把钟取下来，送到城里去彻底地修理。捧回来的时候，外壳变成光闪闪、亮晶晶，钟面变得眉清目秀的,我几乎都不认得了。阿标叔说:"现在好了,跟我手上的火车表一样的准,敲几点一定是几点。"阿标叔认为火车是最准的,他的表也是最准的,所以叫作"火车表"。

我问:"长针会不会再掉下一大截呢?"阿标叔连连摇头说:"不会不会,若再掉下来,我就给它一拳头。很贵哟,花了三块大洋修的,还能不准吗?"

我算了一下,三块大洋可以兑九百枚铜板,给我买麦芽糖吃,可以吃好几年了。好可惜啊,可是老钟总得修呀!

父亲已渐渐高兴起来。他叫了工匠来粉刷墙壁,油漆门窗柱子,整幢房子顿时焕然一新,忧伤的母亲也微微展开了笑容。

墙壁不再灰土土,老钟也变成了新钟,而且是一口人人信赖的标准钟。我读书也变得守时,变得勤奋了。

千里
怀人

我心中总有一对金手镯，一只套在我自己手上，一只套在阿月手上，那是母亲为我们套上的。

母亲新婚时

母亲和我父亲是表姐弟，十岁以前，还在一起玩儿过。她做新娘时，是什么心情呢？我曾问母亲：

"妈，从红纱巾中，你是怎样第一眼看父亲的呢?"

"我哪好意思抬头望他一眼呢!"想起当年的洞房花烛夜，母亲满是烟尘的双颊，也泛起了红晕。

"我们并排儿坐在床沿上，"母亲继续回忆着，近视眼眯得细细的，妩媚而羞涩，仿佛新郎就坐在她身边，"我的红缎袄的衣角，被你爸爸坐住了，扯也扯不动。你外婆在上轿前就在我耳边轻轻说过的：'小心提住左手边的衣角，别让他给坐住，坐住了你就得向他低一辈子的头了。记住哟!'我心慌，哪儿记得呢，还是叫他给坐住了。我低着头，从跳动的烛光里，只看见他宝蓝湖绉的长袍下摆。他坐得四平八稳的，双手平放在膝盖上，斯斯文文的，小时候那副淘气样儿，一点也没有了。我真忍不住要笑出声来。"

从母亲脉脉的眼波中，我想象得到少年时代的父亲，有多么英俊，多么使母亲倾心。

母亲做新娘，已经年华双十，在那时，亲族乡里中人，都把她看成老姑娘了。一般女孩子，十五六岁都出嫁了。而母亲因为父亲在外路求学，必得等学业告一段落才能回家成亲，一等再等的，就把年纪等大了。

母亲素性婉顺，又因大了父亲一岁，更懂得孝顺翁姑，对丈夫事事依从。她笑着对我说："他那时就是不坐住我的衣角，我还能不听他的话吗？"她说她的忍耐，是坐在花轿里就训练出来的。"花轿外面尽管花花绿绿，里面却只是四面木板，封得像只匣子，身子缩在里面，又暗又闷又冷，凤冠太重，取下来放在膝头上。一双小脚都冻僵了，因为办喜事都在冬天。花轿扛过一个山坡又一个山坡，我晕得只想吐。在鞭炮和吹吹打打声中，花轿停在大堂上。新郎这才开始慢慢儿洗澡理发，换新衣服。我在木匣子里足足坐了一个时辰，肚子饿得直冒清水，心里对自己说：你得忍耐，再等久点也是应该的，这是公公婆婆的规矩。我一面又在想，他现在究竟变成什么样儿了呢？长得有多高了呢？他会对我好吗？"

"你们小时候青梅竹马，长大了就不再见面了吗？"

"定了亲，我就躲起来不见他了。有一次，他来拜年，我从门缝里偷偷看了他一眼。他穿一件青布袍，腰那儿折上一段，等长高了好放下来，头发剃得青光光的，好忠厚好傻的样子。再有一次，就是他要出门读书，来向你外公辞行，还是那件青布袍，腰那儿已经放了下来，一大截颜色新得多。头上戴顶小呢帽，是你爷爷的朋友从法兰西带回来送他的，不中不西，我在窗纸洞里看见了只想笑。可是想想他这一去不知什么时候回来，心里又七上八下的不是味儿。他出门去把书念得很好，只是不肯回来结婚，我知道他是嫌我比他大，长得又难看，又没念过多少书。"

她叹了口气，一脸的幽怨："结婚那晚，他坐住我的衣角，我总觉得自己比他矮了一大截。一对花烛烧得亮亮的，他掀起我的红丝巾，我的头越发低下去了。"

"那么爸爸在您的心目中，是怎样个人呢？"

"我们只是亲上加亲，并不像现在新式的恋爱结婚。不过他的样子、性情，就跟其他的堂兄弟、表兄弟们不一样，他说话文雅，从不粗声大气。一天到晚只顾埋头读书，我也只顾好好地侍候他。他后来求到了功名，公公婆婆都说我八字好。"

"您自己觉得怎么样呢?"

母亲浅笑了一下:

"年纪一天天大起来,越不在乎丈夫的功名,在乎的是他的举止、神情、对我的一言一笑。你要知道,年少夫妻老来伴。老来肯厮守最重要。我们那个时代,没有自由恋爱,爱情发生在结婚以后,妻子看丈夫,越看越深情,丈夫看妻子,是不是这样,就不一定了。"

母亲似叹息似调侃地结束了她的婚姻理论。可是在她心眼儿里,父亲一直是她倾全生命爱着的奇男子。他做新郎时的宝蓝湖绉长袍,盖住了她大红绣花袄的衣角。母亲就那么羞怯、那么温柔地承受了父亲一度的热情,也无怨无艾地容忍着他半生的冷落。

父　亲

　　我幼年时，有一段短短的时日，和哥哥随母亲离开故乡，作客似的，住在父亲的任所杭州。在我们的小脑筋中，父亲是一位好大好大的官，比外祖父说的"状元"还要大得多的官。每回听到马弁们一声吆喝："师长回府啦！"哥哥就拉着我的手，躲到大厅红木嵌大理石屏风后面，从镂花缝隙中向外偷看。每扇门都左右洞开，一直可以望见大门外停下来巍峨的马车，四个马弁拥着父亲咔嚓咔嚓地走进来。笔挺的军装，胸前的流苏和肩徽都是金光闪闪的，帽顶上矗立着一枚雪白的缨。哥哥每回都要轻轻地喊一声："噢！爸爸好神气！"我呢，看到他腰间的长长指挥刀就有点害怕。一个叫胡云皋的马弁把帽子和指挥刀接过去，等父亲坐下来，为他脱下长靴，换上便鞋，父亲就一声不响地进书房去了。跟进书房的一定是那个叫陈胜德的马弁。书房的钥匙都由他管，那是我们的禁地。哥哥说书房里有各种司蒂克（手杖），里面都藏着细细长长的钢刀，有的是督军赠的，有的是部下送的，还有长长短短的手枪呢。听得我汗毛凛凛的，就算开着门我都不敢进去，因此见到父亲也怕得直躲。父亲也从来没有摸过我们的头。倒是那两个贴身马弁，胡云皋和陈胜德，非常地疼我们。只要他们一有空，我们兄妹就像牛皮糖似的黏着他们，要他们讲故事。陈胜德小矮个子，斯斯文文的，会写一手好小楷。母亲有时还让他记菜账。为父亲炖好的参汤、燕窝也都由他端进书房。他专照顾父亲在司令部和在家的茶烟、点心、水果。他不抽烟，父亲办公桌上抽剩的加里克、三炮台等香烟，都拿给胡云皋，吃剩的雪梨、水蜜桃、蜜枣就拿给我们。他说他管文的，胡云皋管武的，都是父亲最忠实的仆人。这话一点不错，在我记忆中，父亲退休以后，陈胜德一直替父亲擦水烟筒，打扫书房。胡云皋专管擦指挥刀、勋章等等，擦得亮晶晶的，再收起来，嘴里直嘀咕："这些都不用，真可惜。"父亲出外散步，他就左右不离地跟着，叫他别跟都不肯，对父亲讲话总是喊"报告师长"。陈胜德就改称"老爷"了。

陈胜德常常讲父亲接见宾客时的神气给我们听，还学着父亲的蓝青官话拍桌子骂部下。我说："爸爸这么凶呀？"他说："不是凶，是威严。当军官第一要有威严，但他不是乱发脾气的，部下做错了事他才骂，而且再怎么生气，从来不骂粗话，顶多说'你给我滚蛋'，过一会儿也就没事了。这是因为他本来是个有学问的读书人，当初老太爷一定教导得很好，又是陆军大学第一期毕业，又是日本留学生，所以他跟其他的军长、师长，都不一样。"哥哥听了好得意，摇头晃脑地说："将来我也要当爸爸一样的军官。"胡云皋跷起大拇指说："行，一定行。不过你得先学骑马、打枪。"他说父亲枪法好准，骑马功夫高人一等，能够不用马鞍，还能站在马背上跑。我从来没看见过父亲骑马的英姿，只看见那匹牵在胡云皋手里驯良的浅灰色大马。胡云皋把哥哥抱在马背上骑着过瘾，又把我的小手拉去放在马嘴里让它啃，它用舌头拌着、舔着，舔得湿漉漉、痒酥酥的，却一点也不疼。胡云皋说："好马一定要好主人才能骑。别看你爸爸威风八面，心非常仁慈，对人好，对马也好，所以这匹马被他骑得服服帖帖的，连鞭子都不用一下，因为你爸爸是信佛的。"哥哥却问："爸爸到了战场上，是不是也要开枪杀人呢？"胡云皋说："在战场上打仗，杀的是敌人，你不杀他，他就杀你。"哥哥伸伸舌头。我呢，最不喜欢听打仗的事了。

幸亏父亲很快就退休下来。退休以后，不再穿硬邦邦的军服、戴亮晶晶的肩徽。在家都穿一套蓝灰色的长袍，手里还时常套一串十八罗汉念佛珠。剪一个平顶头，鼻子下面留了短短八字胡，看去非常和气，跟从前穿长筒靴、佩指挥刀的神气完全不一样了。看见我们在做游戏，他就会喊："长春、小春过来，爸爸有美国糖给你们吃。"一听说"美国糖"，我们就像苍蝇似的飞到他身边。哥哥曾经仰着头问："爸爸，你为什么不再当军官，不再打仗、杀敌人了呢？"父亲慢慢儿拨着念佛珠说："这种军官当得没有意思，打的是内仗，杀的不是敌人，而是自己的同胞，这是十分不对的，所以爸爸不再当军官了。"檀香木念佛珠的芬芳扑鼻而来，和母亲经堂里香炉中点的香一个味道。我就问："那么爸爸以后也念经啰？"父亲点点头说："哦，还有读书、写字。"后来父亲买了好多好多的书和字画，都归陈胜德管理，他要哥哥和我把这些书统统读完，做一个有学问的人。

可是，读书对于幼年的哥哥和我来说，实在是件很不快乐的事。老师教完一课书，只放我们出去玩一下，时间一到，就要回书房。我很怕老师，不时地望着看不大懂的自鸣钟催哥哥快回去，哥哥总是说："再玩一下，时间还没到。”有一次，我自怨自艾地说：“我好笨啊，连钟都不会看。”父亲刚巧走过，笑着把我牵进书房，取下桌上小台钟，一圈圈地转着长短针，一个个钟头教我认，一下子就教会了。他说：“你哥哥比你懒惰，你要催他，遵守时刻是很重要的。”打那以后，哥哥再也骗不了我说时间没到了。只要老师限定的休息时间一过，我就尖起嗓门喊：“哥哥，上课去啦。”神气活现的样子。哥哥只好噘着嘴走回书桌前坐下来。书房里也有一口钟，哥哥命令我说：“看好钟，一到下课时间就喊‘老师，下课啦’！”所以老师对父亲说我们兄妹俩都很守时。

没多久，父亲不知为什么决定要去北平，就把哥哥带走了，让我跟着母亲回故乡。那时我才六岁，哥哥九岁。活生生地拆开了我们兄妹，我们心里都很难过，后悔以前不应该时常吵架。哥哥能去北平，还是有点兴奋，劝我不要伤心，他会说服父亲接母亲和我也去的。母亲虽舍不得哥哥远离身边，却是很坚定地带我回到故乡。她对我说：“你爸爸是对的，男孩子应当在父亲身边，好多学点做人的道理，也当见见更大的世面，将来才好做大事业。”我却有点不服气，同时也实在思念哥哥。

老师和我们一起回到故乡，专门盯住我一个人教，教得我更苦了。壁上的老挂钟又不准确，走着走着，长针就跳一下，掉下一大截，休息时间明明到了，老师还是说："长针走得太快，不能下课。"我好气，写信告诉父亲和哥哥。父亲来信说，等回来时一定买只金手表，戴在我手腕上，让我一天二十四个钟头都看着长短针走。于是我天天盼着父亲和哥哥回来，天天盼着那只金手表。哥哥告诉我，北平天气冷，早晨上学总起不了床。父亲给他买了个闹钟放在床头几上，可是闹过了还是起不来，时常挨父亲的骂，父亲说懒惰就是没有志气的表现。他又时常伤风要吃药，吃药也得按时间，钟一闹非吞药粉不可，药粉好苦，他好讨厌闹钟的声音，也好盼望我去和他做伴，做他的小闹钟。我看了信，心里实在难过，觉得父亲不带母亲和我去北平是不公平的。可是老师说，大人有大人的决定，是不容孩子多问的。我写信对哥哥说，如果我也在北平的话，早晨一定会轻轻地喊："哥哥，我们上学啦。"一点也不会吵醒爸爸。吃药时间一到，我也会喊："哥哥，吃药啰。"声音就不至像闹钟那么讨人嫌了。

哥哥的身体愈来愈弱，到父亲决心接我们北上时，已经为时太晚。电报突然到来，哥竟因急性肾脏炎不治去世，我们不必北上，父亲就要南归故里了。兄妹分别才两年，也就成了永别。我那时才八岁。我牢牢记得，父亲到的那天，母亲要我走到轿子边上，伸双手牵出父亲，要面带笑容。我好怕，也好伤心，连一声"爸爸"都喊不响。父亲还是穿着蓝灰色长袍，牵着我的手走到大厅里坐下来，叫我靠在他怀里，摸摸我的脸、我的辫子，把我的双手紧紧捏在他手掌心里，说："怎么这样瘦？饭吃得下吗？"这是他到家后，对我说的第一句话，声音是那般的低沉。我呆呆地说："吃得下。"父亲又抬头看看站在边上的老师，说："读书不要逼得太紧，还是身体重要。"不知怎的，我忽然忍不住哭了起来，不完全是哭哥哥，好像自己也有无限的委屈。父亲也掩面而泣。好久好久，他问："你妈妈呢？"我才发现母亲不在旁边，原来她一个人躲在房中悄悄地落泪。这一幕伤怀的情景，我毕生不会忘记。尤其是他捏着我的手问的第一句话，包含了多少爱怜和歉疚。他不能抚育哥哥长大成人，内心该有多么沉痛。我那时究竟还幼小，不会说安慰他的话，长大懂事以后，又但愿他忘掉哥哥，不忍再提。

几天后，父亲取出那口小闹钟，递给我说："小春，留着做个纪念。你哥哥最不喜欢看钟，我却硬要他看钟，要他守时。他去世的时候是清晨五点，请大夫都来不及，看钟又有什么用？"父亲眼中满是泪水。我捧了小闹钟一直哭，想起哥哥信里的话，我永不能催他起床上学了，我也不喜欢听闹钟的声音了。

哥哥去世后，父亲的爱集于我一身。我也体弱多病，每一发烧就到三十九摄氏度。父亲是惊弓之鸟，格外担心，坚持带我去城里割扁桃腺。住院一周，父亲每天不离我床边，讲历史故事给我听，买会哭、会吃奶、会撒尿的洋娃娃给我，我享尽了福，也撒尽了娇。但因当时大夫手术不高明，有一半扁桃腺割得不彻底，反而时常容易发炎，到今天每回犯敏感，就会想起当时住院的情景。

　　父亲爱我，无微不至。我想看他手上的夜光表，他就脱下来给我。我打碎了他心爱的花瓶、玉杯，他也不责骂。钓鱼、散步，总带着我一起，只是不喜欢热闹的场合。有一次二月初一庙会，我和姑妈、姨妈等人说好一起出去逛的。等我匆匆抄好作文，换了新衣服赶出来，她们已经走远了。我好气，也不管漂亮的新旗袍，一屁股坐在台阶上哭。父亲从书房走出来说："别哭，我正想去走走，陪我去吧！"他牵着我的手边走边讲道理给我听。我感到父亲的手好大好温暖，跟外公和阿荣伯的一样。我不禁道："爸爸，你的手从前是打枪的，现在只会拿拐杖和旱烟筒了。"他笑笑说："这就叫作'放下屠刀，立地成佛'。"我想，父亲的信佛和母亲的吃素念经是很有关系的。其实父亲当军人时也是仁慈的军人，马弁胡云皋就曾说过的。许多年后，有一位"化敌为友"的父执曾对我说："你爸爸不但带打了胜仗的军队带得好，对打了败仗的军队带得更好，这可不简单啊！你不知道打败仗的军队，维持军纪有多难。你父亲治军纪律极严，绝不扰民，他真不愧为一位儒将。"这话出诸一位曾经与他为敌的人口中，当然是千真万确的。我对父亲也愈加敬爱了。

到杭州进中学以后，父亲对我管教渐严，时常要我背英文给他听。其实我背错了他也不知道，不比古文、唐诗，一个字也错不得。他还要看我的作文、日记，连和同学们通的信都要看，使我对他起了畏惧之心。那时当然没有"代沟"、"代差"等新名词，但小女孩在成长期中，总有些和同学们的悄悄话，不愿为长辈所知。有一次，我在日记中发了点牢骚，父亲看后引了圣贤之言，把我训斥一顿。我一气把日记撕了。父亲大为震怒，命我以工楷抄《心经》一遍反省。那时我好"恨"父亲，回想在故乡时他牵着我的手去看庙会的慈爱，如同隔世；父亲好像愈来愈不了解我了。

他对我期望过分殷切，好像真要把我培植成个才女，说女孩子要能诗能画，还要能音乐。从初一起，就硬要我学钢琴。学校里有个别教学与合组教学两种，他不惜每学期花十二块银元要我接受个别教学。偏偏我没有一丁点音乐细胞，加以英文、数学、理化已压得我喘不过气，对学钢琴实在毫无兴趣。每学期开始，都苦苦哀求父亲准许我免学。父亲总是摇头不答应。勉强拖到高二下学期，钢琴课成绩坏到连授课老师都认为我有放弃的必要。正好又得准备高三的毕业会考，好心的钢琴老师是美国人，她自己到我家来，用生硬的杭州话对父亲说："你的女儿音乐舔菜（天才）不耗（好），请你不要比（逼）她学钢罄（琴）。"父亲这才同意我放弃了。一根弦足足绷了五年，这一放弃，五线谱上的豆芽菜一下就忘得一干二净。父亲当然很生气，可是我却好轻松、好痛快。假使世界上真有"对牛弹琴"这回事的话，我就是那头笨牛了。直到今天，我一听到叮叮咚咚的钢琴声，就会想起那五年浪费的"苦练"而感到心痛，因为我不能遂父亲心愿，实在太对不起他老人家了。

进入大学，我也懂事多了，父女的感情，竟有点近乎师友之间。中文系主任对我的夸奖也使父亲对我另眼看待。他喜欢作诗，每回作了诗都要和我商讨。我也不知天高地厚地喜欢改。有时瞎子打拳似的，击中一下，改出了"画龙点睛"的字来，父亲就拊掌大大称许一番。其实我明明知道他是试我，也是鼓励我，但于此中正享受无尽的亲情和乐趣。

父亲不喝酒、不打牌，连烟都因咳嗽而少抽。他最大的嗜好就是读书、买书。各种好版本，打开来欣赏欣赏，闻闻那股子樟脑香，对他便是无上乐趣。因此杭州与故乡永嘉二处的藏书也算得相当丰富。每年三伏天，我帮母亲晒皮袍，帮父亲晒书。父亲总是语重心长地要我好好保存这些丛书和名贵的版本。至于字画古董，父亲不大辨真伪，也不计较真伪，有时明知是赝品也买。他说卖字画的人常识丰富，说来头头是道，即使是一种骗术，听听也很令人快意。况且赝品的作者，也未始没下一番功夫，只要看来赏心悦目，有何不好呢？可说别有境界。他也喜欢端砚与松烟好墨。他有一块王阳明的写经叶，想来也是赝品，却是非常玲珑可爱，父亲有时濡墨作诗，或圈点诗文，常常吟哦竟日，足不出书房一步。他说："古人谓'我自注书书注我，人非磨墨墨磨人'，正是这番光景。"

一九三七年抗日战争全面爆发，举家不得不避乱回故乡。临行前，父亲打开书橱，抚摸着每册心爱的书，唏嘘地对我说："乱离中一切财物都不足惜，只这数千卷的书和两部藏经，总是叫人不能释然于怀，但不知能否再回来，再读这些书？"父亲一向乐观，忽然说这样伤感的话，不由使我暗暗心惊。忠仆陈胜德自愿留守杭州寓所，照顾书籍。父亲也只得同意了。回到故乡以后，父亲因肺疾与痔疮间发，僻处乡间，没有良医和特效药，健康一日不如一日。另一位忠仆胡云皋到处打听偏方灵丹，常常翻山越岭采草药煎给父亲喝，诚意可感，可是究竟毫无效果。不久忽然传来谣言，说杭州寓所被日军焚毁，陈胜德也遇难。父亲听了忧心如焚，后悔不当为身外之物，留下陈胜德冒险看顾。重大的打击，使他咳嗽加剧。次日忽然发现胡云皋走了。他留下一信禀告父亲，为了替父亲杭州的住宅一探究竟，也为了亲如兄弟的陈胜德存亡确信，他一定要回杭州去看看，希望能带了平安消息归来。可是他一走就音信杳然，据传亦被日军所害。从那以后，我永远没有再见陈胜德和胡云皋这两位忠实的朋友。幼年时代，他们照顾提携过哥哥和我，哥哥才十一岁就弃我而去，他们二人都死于战乱，眼看父亲身体又日益衰弱，忧愁和悲伤使我感到人世的无常。但父亲尽管病骨支离，对我的教诲却是愈益严厉。病榻之间，他常口授《左传》《史记》《资治通鉴》等书，要我不仅记忆史实，更要体会其义理精神，并勉我背诵《论语》《孟子》《传习录》《日知录》，可以终生受用不尽，《曾国藩家书》与《饮冰室文集》亦要熟读。他说为人为学是一贯道理，而敦品励行尤重于学业。他说自己身为军人，戎马倥偬中，总不离这几部书，而一生兢兢业业，幸未为小人之归者，亦由于能时时以此自勉。父亲的教诲，使我于后来多年的流离颠沛中，总像有一股力量在支撑我，不至颠仆。可是我不是个潜心做学问的人，又缺乏悟性，碌碌大半生，终不能如先人之所望，内心实感沉痛。

父亲是一位是非感强烈，而且极具判断力的人。记得在抗战之初，他对我们说，这是一场长期而且艰苦的奋斗，蒋委员长决定对日宣战是百分之百正确的，正义终必获胜，叫我们不要悲观、恐惧。他对于国军所采的战略之正确以及日本军阀的必不能持久，早有独到的看法。父亲的一位好友，叹佩父亲实在是位不可多得的军事家。我忽然想起念中学时，历史课本上曾有父亲的名字（父亲讳国纲，字鉴宗）。父亲叹了口气，调侃似的说："这实在是一生恨事。幸得在整个的一段战争史上，我究竟只是个微不足道的人物。"他想起只有一件事，倒是使他私心稍感安慰的。孙中山曾嘱蒋介石派一位军官，和父亲商议，希望在革命军北伐时，他能协助顺利通过他驻守的防线。父亲慨然答应，并深悟兄弟阋墙对革命的阻力而毅然退休。父亲真可说是从善如流的勇者。他逝世时，蒋介石（当时任委员长，驻江西南昌）曾赐题"我思故人"四字，并赠挽联云："大将令终天所靳，急流勇退古称难。"父亲正确的抉择，使他晚年得到心灵上的平安。我也上体父亲一生急公好义之心，于战乱中秉承他老人家遗命，将故乡与杭州寓所两处藏书，于仓皇中分别捐赠永嘉籀园图书馆与杭州浙江大学，俾借大众之力，得以保全。但如今这近万卷的藏书，命运如何，就不得而知了。

父亲为顾念亲族与邻里中子弟的学业，特在山乡庙后老家的祠堂里办了一所小学，供全村儿童免费上学，连书本都是奉送的。老师个个教学认真，庙后小学驰名遐迩，还得到永嘉县政府的褒奖。我妹妹就是该小学毕业的高才生。

父亲在病榻上曾对我说："乱离中最宝爱的东西是心情上最重的负担，但到了不得不割舍的时候也只有割舍。比如书吧！那是比珠宝金银都宝贵万万倍的，但也是最先必须割舍的。你如肯读书，将来安定以后，可量力再买；如不爱读书，即使拥有满屋图书，也都不是真正属于你的。"

父亲去世于一九三八年农历六月初六日，正和他的生辰同一天，真是不幸的巧合。当天清晨，他于呼吸困难中低声地问，佛堂前和祖宗神龛前香烛是否都已点燃，母亲答以都点了。他又说，你们都高声念经吧！再没吩咐什么，就溘然长逝了。父亲的好友说他虽享年不及六十，但能与荷花同生日，依佛家说法，仍有难得的因缘与福分。所以，他的挽联有云："六六生六六逝，佛说前因。"母亲因悲痛过甚，亦于三年后追随父亲而去。

那一片凄凉苍白，至今犹在眼前。而我的锥心之痛，却是与日俱增。因为大陆上双亲灵柩，竟是至今未能安葬。

托亲友由国外辗转打听来消息，父亲棺木竟被大水冲走。灵骨是否由至亲收藏，都不能确知。想父亲一生待人仁厚，处事中正和平，逝世数十年，竟至窀穸未安，这都是我们做人子女者的不孝和罪孽。在抗战胜利之初，何以未能使先人入土为安？只因父亲生前比较重视住宅的舒适，所以想觅一块风景好的坟地，建筑一座他老人家满意的坟墓，亦是慎终追远之意；谁知内战顿起，一时措手不及，便仓皇来台。父亲固然预知抗战必胜，而胜利后会有变故，实非他始料所及。

碎了的水晶盘

我爱亮晶晶的小玩意，水钻别针、戒指，以及一切小摆饰之类的，怎么土气、怎么俗气都没关系，只要是亮晶晶的就好。别在前襟，套在手指上，摆在桌上或书柜里，都是越看越可爱，因为其中包含了无限温馨的友情和许许多多遥远的怀念。

怀念中，却是非常懊恼，因为一包亮晶晶的水晶盘碎片，由于几度的搬迁，竟然不知去向了。

只因那些碎片无法拼合，更不能摆出来，所以我格外宝爱地把它包起来，收在一个安全而又容易发现的地方。因为我时常要取出来看看，想想那一段与水晶盘有关的故事，如今却找不到了。可是水晶盘在我心中，永远是玲珑剔透而完整。因为它原来的主人，是那么一位贤淑美丽的好女子。

她是位异国的少妇，我却是喊她三叔婆的。她郑重地把它托付给我，要我转给三叔公。我却没有把这件事情办好，辜负了她的叮嘱。水晶盘被砸得粉碎了，不是我不小心砸的，而是三叔公的另一位太太砸的。三叔公默默地俯下身去，拾起再也无法还原的碎片，递给了我，我也默默地接下来。不知道他当时的心有没有碎。

三叔婆呢，却带着碎了的心，回到她自己的国家——南美洲的巴西去了。屈指算算，已经是半个世纪以前的事了。她即使还健在的话，也已是白发皤然的老妇人了。

那一年我暑假回家乡，第一次见到三叔婆，她正是二十多岁的少妇。她的碧眼高鼻和金黄柔发虽然很美，仍然引起全山乡人的好奇心。我已在教会学校念书一年多，见过好多母亲所谓的"番人"，但是面对着这位要喊她三叔婆的妙龄番人，我也期期艾艾地有点胆怯喊不出来。可是她是三叔公的娇妻，应该是名正言顺的叔婆。三叔公也才是三十出头的英俊男子。他们一房人丁不旺盛，所以他年纪轻轻的，辈分却好大，我们家乡把这种辈分叫作"水牛背"。

"水牛背"的三叔公，在那个时代就开风气之先，远渡重洋，去南美洲经商，更开风气之先地娶了一位巴西少女。她给他生了个又壮又活泼的儿子。儿子长大到五岁时，三叔公由于老母的催促，动了思归之念。把妻儿带回自己的家乡，一直带到穷乡僻壤的山村，拜见老母。

老母双目半盲，随时得有人搀扶伺候。她想念从年轻守寡辛苦抚养长大的儿子，也高兴他已为她生了孙子，可是不能接纳的是这个番邦儿媳。当他们双双在母亲面前拜下去时，老人家身边就站着一位精明干练的外甥女，是她早已认定要做自己的儿媳，却被三叔公忘得一干二净的老小姐。

说起来，他们并没有青梅竹马的童年。三叔公从小就志在四方，在山乡祠堂小学念了几年书，就跑到城里去学生意。父亲去世了，母亲的眼睛哭成了半瞎，他不是不内疚。可是也许是由于他太不喜欢像个小老太婆的表姊吧，他宁可背负不孝之名，辗转地出了国门，远适异国而去。我如今想起来，所谓的"代沟"，和青少年为自己的理想与婚姻自由而反抗含辛茹苦的长辈，真是自古已然，于今为烈吧。

想想三叔公要说服妻子，抛开出生长大的家园，远别亲人，投奔一个完全陌生的东方国度，如果不是她对丈夫爱的坚贞和不可割舍的母子之情，她怎能有这一份勇气。

也真钦佩她嫁了一个中国丈夫，就有中国旧时代"嫁狗随狗、嫁鸡随鸡"和对长辈必须尽孝的道德观念。

听母亲说，她一进山村老屋大门，所有的长辈妯娌，就没有给过她好脸色看。言语不通，习俗不同，尤其增加她的痛苦。但她总是委曲求全，低首下心地试着走进黑漆漆的厨房，帮忙洗碗起火，却被声色俱厉的瞎子婆婆敲着拐杖，喝令快快滚开。她吓得跪在泥地上哀求，都不能获得一丝谅解。婆婆把多年来的怨气都出在她身上，认为是她拴住了儿子久客不归。身边那个一直爱着表弟、伺候姨母、恪尽儿媳之道的表姊，更把她看成眼中钉。

母亲叙述到这里，长长地叹了口气说："也不能怪她，在我们这种乡下地方，一个姑娘过了三十不嫁，还能有什么打算，别人又会用什么眼光看你呢?"

"您是比较同情她的啰!"我忍不住问。

"我只觉得她傻得可怜。换了我，就出家当尼姑去。"

"我却同情这位巴西叔婆，她是无辜的。"

"三个女人都是无辜的。若我是老太太，当然也疼自己外甥女。不过她不该强迫儿子叫她走，又强留下孙儿，硬生生拆散母子，又怂恿外甥女百般欺凌她，甚至用柴棒打她。她受不了苦，才逃到我们家来了。"

"有这样不讲理的事，那么三叔公呢?"

"他就像变了个人，再也没有当年敢作敢为的勇气了。见了老母，结结巴巴说不出话。他似乎在忏悔多年来背母远行的罪过，要想以沉默不反抗为补偿。"

"但是他不能让妻子背十字架呀！他应当带妻儿再出走。当年是怎么决定的，就得自己负责到底。"我气愤地说。

"你不要这么激动，你且看看身受其苦的三叔婆是怎样待她丈夫的，真为她难过啊！"好心肠的母亲，遇到人家婚姻上的挫折，说起来就一把眼泪一把鼻涕的，我就知道她自己那颗心有多苦了。不然，她为什么要一个人住在乡下，不去大城市里跟着做官的丈夫享受荣华富贵呢？母亲说："旧式女人总是认命的，像三叔公的表姊那样武则天似的，我也看不来。"看母亲的心也好乱，她究竟在同情谁呢？

我们谈论着的时候，娴静的三叔婆从房间里慢慢走出来，一手捧着一个小小的盘子，一手捏着一个梨。那个盘子真玲珑漂亮，一定是外国玻璃的。我当然不会说巴西话，英文也只有初中程度的几个单词。我用家乡话喊她一声叔婆，她听了好高兴，端庄地在椅子上坐下来，把盘子放在茶几上，从口袋里取出一把小小折刀，打开来仔细地削梨。母亲告诉我她已经是削第五个梨了，每天削了切成一片片装在盘子里，等三叔公来吃。三叔公就是没来，她边流泪边把梨分给大家吃了，第二天再削。一天天地等，一天天地落空。她脸上除了伤心失望，没有怨怒。她听得懂一点点中国话，我忍不住问她："你为什么不反抗？"她把拳头在后脑勺一放，再指指天。母亲说这是表示"婆婆是天"。母亲居然懂她的"手语"。后脑勺的拳头表示梳髻的婆婆。我恨不得能多与她说话，可是我不会比手画脚，只好以亲善的眼光望着她。

这一天，她当然又是失望了。她不再哭了，微笑着取出一方粉红手帕，把盘子包起来，却递给我，说了简单的两个字："水晶。"我知道她是在告诉我盘子是水晶的。然后她从口袋里取出铅笔，用英文写给我看，告诉我明天要回去了，请将水晶盘拿给她丈夫。我急得只会说："不要走，请你不要走。"她安详地摇摇头说，"我要回去看我的妈妈。"虽然是生硬的中国话，可是那一股酸辛，顿使我泪如雨下。她却没有让泪水流下来，只轻拍我的肩说："谢谢，不要哭。"然后就奔进房间。那一对忧郁中充满了无怨无艾的爱的眼神啊，怎不叫人心碎！

她是由村里天主堂白姑娘帮忙，带着她进城办回国手续的。狠心的三叔公，在她走之前，都不曾来过我家。山乡离我家有七十里山路，我也无法去找他。在我将回杭州时，他才来了。来的却是两个人，他带了那个已经成了他太太的表姊。我究竟太年轻不懂事，为了气她，就急急将水晶盘取出当着她递给三叔公。我说："她天天削梨等你。你不来，这是她叫我给你的。"在边上的新太太一把抢过去，把粉红手帕撕开，拿起水晶盘就使劲摔在水门汀地上，砸得粉碎。我一下暴跳起来，大声地喊："你太凶了，你好坏，你好坏。"就大哭起来。母亲奔出来，拉住我，默默地走开了，一句话也没对他们说。我咬牙切齿地说："三叔公太不应该了，自私，懦弱。"

"男人都是这样的。"母亲轻声地说，又幽幽地叹了口气。

我又忍不住跑出来，却看见那个表姊已经走开了。三叔公俯下身去在捡碎片，拾起来用那块丝巾包了，再用自己的手帕包一层，竟递给了我。奇怪，他怎么拿给我呢？他连唯一的纪念品都不敢保存吗？我赌气地接下来，却哑巴似的说不出一句话。我也不想对这薄幸的长辈说什么话了。

水晶盘碎片就由我一直保管，一直带在身边。如今却忽然找不到了，好心痛。可是想想任何宝贵的纪念品都有一天会离开我，任何沉痛的记忆终会逐渐淡去、忘却。但不知回到巴西后的三叔婆，当时是否哭倒在慈母怀中？她是不是会常常想起在山村受欺凌的那场噩梦，会不会想起一天天削梨摆在水晶盘中，等待丈夫的情景？我认为，她不会想了。从她当时忧伤的笑容和温柔的眼神中，看出她从那一刻起，就决心不想了。

可是，我可以断定，她唯一想念的是她五岁的儿子。因为她走的时候，只带了他的照片，连她和三叔公的结婚照，都留在卧室抽屉里了。

听说我这个混血儿的小叔叔，长大到十多岁，就不告而行。有的说是从军，有的说是万里寻母去了。但愿他们母子能相见，水晶盘虽碎，慈母之心永远是完整的。母子亲情，岂不远胜飘忽不定的爱情呢？

一对金手镯

我心中一直有一对手镯，是软软的十足赤金的，一只在我自己手腕上，另一只套在一位异姓却亲如同胞的姐姐手腕上。

她是我乳娘的女儿阿月，和我同年同月生，她是月半，我是月底，所以她就取名阿月。母亲告诉我：周岁前后，我们这一对"双胞胎"就被拥抱在同一位慈母怀中，挥舞着四只小拳头，对踢着两双小胖腿，吮吸丰富的乳汁。因为母亲没有奶水，把我托付给三十里外邻村的乳娘，吃奶以外，每天一人半个咸鸭蛋，一大碗厚粥，长得又黑又胖。一岁半以后，伯母坚持把我抱回来，不久就随母亲被接到杭州。这一对"双胞姊妹"就此分了手。临行时，母亲把舅母送我的一对金手镯取出来，一只套在阿月手上，一只套在我手上，母亲说："两姊妹都长命百岁。"

到了杭州，大伯看我像块黑炭团，塌鼻梁加上斗鸡眼，问伯母是不是错把乳娘的女儿抱回来了。伯母生气地说："她亲娘隔半个月都去看她一次，怎么会错？谁舍得把亲生女儿给了别人？"母亲解释说："小东西天天坐在泥地里吹风晒太阳，怎么不黑？斗鸡眼嘛，一定是两个对坐着，白天看公鸡打架，晚上看菜油灯花，把眼睛看斗了，阿月也是斗的呀！"说得大家都笑了。我渐渐长大，皮肤不那么黑了，眼睛也不斗了，伯母得意地说："女大十八变，说不定将来还会变观音面哩。"可是我究竟是我还是阿月，仍常常被伯母和母亲当笑话谈论着。每回一说起，我就吵着要回家乡看"双胞姐姐"阿月。

七岁时，母亲带我回家乡，第一件事就是去看阿月，把我们两个人谁是谁搞个清楚。乳娘一见我，眼泪扑簌簌直掉，我心里纳闷，你为什么哭，难道我真是你的女儿吗？我和阿月各自依在母亲怀中，远远地对望着，彼此都完全不认识了。我把她从头看到脚，觉得她没我穿得漂亮，皮肤比我黑，鼻子比我还扁，只是一双眼睛比我大，直瞪着我看。乳娘过来抱我，问我记不记得吃奶的事，还絮絮叨叨说了好多话，我都记不得了。那时心里只有一个疑团，一定要直接跟阿月讲。吃了鸡蛋粉丝，两个人不再那么陌生了，阿月拉着我到后门外矮墙头坐下来。她摸摸我的粗辫子说："你的头发好乌啊！"我也摸摸她细细黄黄的辫子说："你的辫子像泥鳅。"她啜了下嘴说："我没有生发油抹呀！"我连忙从口袋里摸出个小小瓶子递给她说："喏，给你，香水精。"她问："是抹头发的吗？"我说："头发、脸上、手上都抹，好香啊！"她笑了，她的门牙也掉了两颗，跟我一样。我顿时高兴起来，拉着她的手说："阿月，妈妈常说我们两个换错了，你是我，我是你。"她愣愣地说："你说什么我不懂。"我说："我们一对不是像双胞吗？大妈和乳娘都搞不清谁是谁了，也许你应当到我家去。"她呆了好半天，忽然大声地喊："你胡说，你胡说，我不跟你玩了。"就掉头飞奔而去，把我丢在后门外，我骇得哭起来了。母亲跑来带我进去，怪我做客人怎么跟姐姐吵架，我愈想愈伤心，哭得抽抽噎噎的说不出话来。乳娘也怪阿月，并说："你看小春如今是官家小姐了，多斯文呀！"听她这么说，我心里好急，我不要做官家小姐，我只要跟阿月好。阿月鼓着腮，还是好生气的样子。母亲把她和我都拉到怀里，捏捏阿月的胖手，她手上戴的是一只银镯子，我戴的是一对金手镯，母亲从我手上脱下一只，套在阿月手上说："你们是亲姊妹，这对金手镯，还是一人一只。"我当然已经不记得第一对金手镯了。乳娘说："以前那只金手镯，我收起来等她出嫁时给她戴。"阿月低下头，摸摸金手镯，它撞着银手镯叮叮作响，乳娘在蓝衫里面掏了半天，掏出一个黑布包，打开取出一块亮晃晃的银元，递给我说："小春，乳娘给你买糖吃。"我接在手心里，还是暖烘烘的，眼睛看着阿月，阿月忽然笑了。我好开心，两个人再手牵手出去玩，我再也不敢提"两个人搞错"那句话了。

我在家乡待到十二岁才再去杭州，但和阿月却并不能时常在一起玩。一来因为路远，二来她要帮妈妈种田、砍柴、挑水、喂猪，做好多好多的事，而我天天要背古文，《论语》《孟子》，不能自由自在地跑去找阿月玩。不过逢年过节，不是她来就是我去。我们两个肚子都吃得鼓鼓的跟蜜蜂似的，彼此互赠了好多礼物。她送我用花布包着树枝的坑姑娘（乡下女孩子自制的玩偶）、小溪里捡来的均匀的圆卵石、细竹枝编的戒指与项圈。我送她大英牌香烟盒、水钻发夹、印花手帕。她教我用指甲花捣出汁来染指甲。两个人难得在一起，真是玩不厌地玩，说不完地说。可是我一回到杭州以后，彼此就断了音信。她不认得字，不会写信。我有了新同学也就很少想到她。有一次听英文老师讲马克·吐温的双胞弟弟掉在水里淹死了，马克·吐温说："淹死的不知是我还是弟弟。"全课堂都笑了。我忽然想起阿月来，写封信给她也没有回音。分开太久，是不容易一直记挂着一个人的。但每当整理抽屉，看见阿月送我的那些小玩意时，心里就有点怅怅惘惘的。年纪一天天大起来，尤其自己没有年龄接近的姊妹，就不由得时时想起她来。母亲那时早已一个人回到故乡，过着寂寞幽居的生活。我十八岁重回故乡，母亲双鬓已斑，乳娘更显得白发苍颜。乳娘紧握我双手，她的手是那么的粗糙，那么的温暖。她眼中泪水又潸潸滚落，只是喃喃地说："回来了好，回来了好，总算我还能看到你。"我鼻子一酸，也忍不住哭了。阿月早已远嫁，正值农忙，不能马上来看我。十多天后，我才见到渴望中的阿月。她背上背一个孩子，怀中抱一个孩子，一袭花布衫裤，像泥鳅似的辫子已经翘翘地盘在后脑。原来十八岁的女孩已经是两个孩子的母亲了。我一眼看见她左手腕上戴着那只金手镯，而我却嫌土气没有戴，心里很惭愧。她竟喊了我一声："大小姐，多年不见了。"我连忙说："我们是姊妹，你怎么喊我大小姐？"乳娘说："长大了要有规矩。"我说："我们不一样，我们是吃您奶长大的。"乳娘说："阿月的命没你好，她十四岁就做了养媳妇，如今都是两个女儿的娘了，只巴望她肚子争气，快快生个儿子。"我听了心里好难过，不知怎么回答才好，只得说请她们随我母亲一同去杭州玩。乳娘连连摇头说："种田人家哪里走得开？也没这笔盘缠呀！"我回头看看母亲，母亲叹口气，也摇了下头，原来连母亲自己也不想再去杭州，我感到一阵茫然。

当晚我和阿月并肩躺在床上，把两个孩子放在当中。我们一面拍着孩子，一面琐琐屑屑地聊着别后的情形。她讲起婆婆嫌她只会生女儿就掉眼泪，讲起丈夫，倒露出一脸含情脉脉的娇羞，真祝愿她婚姻美满。我也讲学校里一些有趣顽皮的故事给她听，她有时咯咯地笑，有时眨着一双大眼睛出神，好像没听进去。我忽然觉得我们虽然靠得那么近，却完全生活在两个世界里。我们不可能再像第一次回家乡时那样一同玩乐了。我跟她说话的时候，都得想一些比较普通，不那么文绉绉的字眼来说，不能像跟同学一样，嘻嘻哈哈，说什么马上就懂。我呆呆地看着她的金手镯，在橙黄的菜油灯光里微微闪着亮光。她爱惜地摸了下手镯，自言自语着："这只手镯，是你小时回来那次，太太给我的。周岁时给的那只已经卖掉了。因为爸爸生病，没钱买药。"她说的太太指的是我母亲。我听她这样称呼，觉得我们之间的距离又远了，只是呆呆地望着她没作声。她又说："爸爸还是救不活，那时你已去了杭州，只想告诉你却不会写信。"她爸爸什么样子，我一点印象都没有，只是替阿月难过。我问她："你为什么这么早就出嫁？"她笑了笑说："不是出嫁，是我妈叫我过去的，公公婆婆借钱给妈做坟，婆婆看我还会帮着做事，就要了我。"说这些话的时候，她的眼睛一直是半开半闭的，好像在讲一个故事。过了一会儿，她睁开眼来，看看我的手说："你的那只金手镯呢？为什么不戴？"我有点愧赧，讪讪地说："收着呢，因为上学不能戴，也就不戴了。"她叹了口气说："你真命好去上学，我是个乡下女人。妈说得一点不错，一个人注下的命，就像钉下的秤，一点没得反悔的。"我说："命好不好是由自己争的。"她说："怎么跟命争呢？"她神情有点黯淡，却仍旧笑嘻嘻的。我想如果不是我一同吃她母亲的奶，她也不会有这种比较的心理，所以还是别把这一类的话跟她说得太多，免得她知道太多了，以后心里会不快乐的。人生的际遇各自不同，我们虽同在一个怀抱中吃奶，我却因家庭背景不同，有机会受教育。她呢？能安安分分、快快乐乐地做个孝顺媳妇、勤劳妻子、生儿育女的慈爱母亲，就是她一生的幸福了。我虽知道和她生活环境距离将日益遥远，但我们的心还是紧紧靠在一起，彼此相通的，因为我们是"双胞姊妹"，我们吮吸过同一位母亲的乳汁，我们的身体里流着相同成分的血液，我们承受的是同等的爱。想着这些，我忽然止不住泪水纷纷地滚落，因为我即将回到杭州续学，虽然有许多同学，却没有一个曾经拳头碰拳头、脚碰脚的同胞姊妹。可是我又有什么能力接阿月母女到杭州同住呢？

　　婴儿啼哭了，阿月把她抱在怀里，解开大襟给她喂奶，一手轻轻拍着，眼睛全心全意地注视着婴儿，一脸满足的神情。我真难以相信，眼前这个比我只大半个月的少女，曾几何时，已经是一个完完全全成熟的母亲。而我呢？除了啃书本，就只会跟母亲别扭，跟自己生气，我感到满心的惭愧。

　　阿月已很疲倦，拍着孩子睡着了。乡下没有电灯，屋子里暗洞洞的。只有床边菜油灯微弱的灯花摇曳着，照着阿月手腕上黄澄澄的金手镯。我想起母亲常常说的，两个孩子对着灯花把眼睛看斗了的笑话，也想起小时回故乡，母亲把我手上一只金手镯脱下，套在阿月手上时慈祥的神情，真觉得我和阿月是紧紧扣在一起的。我望着菜油灯灯盏里两根灯草芯，紧紧靠在一起，一同吸着油，燃出一朵灯花，无论多么微小，也是一朵完整的灯花。我觉得自己和阿月正是那朵灯花，持久地散发着温和的光和热。

　　阿月第二天就带着孩子匆匆回去了，仍旧背上背着大的，怀里搂着小的，一个小小的妇人，显得那么坚强，那么能负重任。我摸摸两个孩子的脸，大的向我咧嘴一笑，婴儿睡得好甜，我把脸颊贴过去，一股子奶香，陡然使我感到自己也长大了。我说:"阿月,等我大学毕业,做事挣了钱,一定接你去杭州玩一趟。"阿月笑笑,大眼睛润湿了。母亲忽然想起一件事来,急急跑上楼,取来一样东西,原来是一个小小的银质铃铛,她用一段红头绳把它系在婴儿手膀上。说:"这是小春小时候戴的,给她吧!等你生了儿子,再给你打个金锁片。"母亲永远是那般仁慈、细心。

我再回到杭州以后,就不时取出金手镯,套在手臂上对着镜子看一回,又取下来收在盒子里。这时候,金手镯对我来说,已不仅仅是一件纪念物,而是紧紧扣住我和阿月这一对"双胞姊妹"的一样摸得着、看得见的东西,我怎么能不宝爱它呢?

可是战时肄业大学,学费无着,以及毕业后的转徙流离,为了生活,万不得已中,金手镯竟被我一分分、一钱钱地剪去变卖,化作金钱救急。到台湾之初,我花去了金手镯的最后一钱,记得当我拿到银楼去换现款的时候,竟是一点感触也没有,难道是离乱丧亡,已使此心麻木不仁了?

与阿月一别已将半个世纪,母亲去世已三十五年,乳娘想来亦已不在人间,金手镯也化为乌有了。可是年光老去,忘不掉的是点滴旧事,忘不掉的是梦寐中的亲人。阿月,她现在究竟在哪里?她过的是什么样的日子呢?她的孩子又怎样了呢?她那只金手镯还戴在手上吗?

　　但是,无论如何,我心中总有一对金手镯,一只套在我自己手上,一只套在阿月手上,那是母亲为我们套上的。

一袭青衫

　　我念中学时，初三的物理老师是一位高高瘦瘦的梁先生。他第一天进课堂，就给我们一个很滑稽的印象。他穿一件褪色淡青湖绉绸长衫，本来是应当飘飘然的，却是太肥太短，就像高高地挂在竹竿上。袖子本来就不够长，还要卷上一截，露出并不太白的衬褂。坐在我后排的沈琪大声地说："一定是借旁人的长衫，第一天上课来出出风头。"沈琪的一张嘴是全班最快的，喜欢挖苦人。我低着头装没听见，可是全班都咪咪地在笑。梁先生一双四方头皮鞋是崭新的，走路时脚后跟先着地，脚板心再拍下去，拍得地板好响。他又不坐，只是团团转，啪嗒啪嗒像跳踢踏舞似的。我想他一定是刚刚当老师心情很紧张吧，想笑也不敢笑，因为坐第一排太注目了。梁先生拿起粉笔在黑板上写了个大大的"梁"字，大声地说：

"我姓梁。"

"我们都早知道了，先生姓梁，梁山伯的梁。"大家齐声说。沈琪又轻轻地加了一句："祝英台呢？"

梁先生像没听见，偏着头看了半天，忽然咧嘴笑了，露出一颗大大的金牙。沈琪又说："镶金牙，好土啊！"幸得梁先生还是没听见。他看着黑板上那个"梁"字自言自语："今天这个字写得不好，不像我爸爸写的。"

全堂都哄笑起来，我也笑了。因为我听他喊"爸爸"那两个字，就像他还是个孩子，心想：这位老师一定很孝顺，孝顺的人，一定是很和蔼的。沈琪却又说："这么大的人还喊'爸爸'，应该说'父亲'。"我不禁回过头去对她说："你别咬文嚼字了，爸爸就是父亲，父亲就是爸爸。"我说得好响，梁先生听见了。他说："对了，爸爸就是父亲，对别人得说'家父'，可是我只能说'先父'，因为我父亲已经去世了，是去年这个时候去世的。"他收敛了笑容，一双眼睛望向窗外，好像望向很远很远的地方，全堂都肃静下来。他又绕着桌子转起圈来，新皮鞋敲着地板啪嗒啪嗒响，绕了好几圈，他才开口说："今天第一堂课，你们还没有书，下次一定要带书来，忘了带书的不许上课。"

语气斩钉截铁，本来很和蔼的眼神忽然射出两道很严厉的光来。我心里就紧张起来，因为我的理科很差，又不敢问老师。如果在本校的初三毕业考都过不了关，就没资格参加教育厅的毕业会考了。因此觉得梁先生对我前途关系重大，真得格外用功才好。我把背挺一下，做出很用心的样子。他忽把眼睛瞪着我问：

"你叫什么名字？"

我说了名字。他又把头一偏说："叫什么，听不清，怎么说话跟蚊虫哼似的，上黑板来写。"大家又都笑起来。我心里好气，觉得自己一直乖乖儿的，他反而盯上我，他应当盯后排的沈琪才对。沈琪却在用铅笔顶我的背说："上去写嘛，写几个你的碑帖字给他看看，比他那个'梁'字好多了。"我不理她，大着胆子提高嗓门说："希望的希，珍珠的珍。"

"噢，珍珠宝贝，那你父母亲一定很宝贝你啰，要好好用功啊！"

全堂都在笑，我把头低下去，对于梁先生马上失去了好感。他打开点名册，挨个儿地认人，仿佛看一遍就认得每个人似的。嘴巴一开一合，露着微龅的金牙，闪闪发光，威严中的确透着一股土气。下课以后，沈琪就跳着对大家说："你们知不知道，世界上有一种牙齿是最土的，就像梁先生的牙，所以我给他起个外号叫'土牙'。"大家都笑着拍手同意了。沈琪是起外号专家。有个代课的图画老师姓蔡，名观亭，她就叫他"菜罐头"。他代了短短一段日子课就被她气跑了，告诉校长说永生永世不教女生了。一位教外国史的老师，一讲话就习惯性地把右手握成一个圈，圈在嘴边，像吹号一般，沈琪就叫他"号兵"。他非常和气，当面喊他"号兵"，他也不生气，还说当"号兵"要有准确的时间观念和责任感，是很重要的人物。但是"土牙"这个外号，就不能当着梁先生叫了，有点刻薄。国文老师说过，一个人要厚道，不可以刻薄，不可以取笑别人的缺点，叫人难堪。我们全班都很厚道，就是沈琪比较调皮，但她心眼并不坏，有时帮起人忙来，非常热心，只是有点娇惯，一阵风一阵雨地喜怒无常。

　　第二次上物理课时，我们每个人都把课本平平整整放在课桌上。梁先生踩着踢踏步进来，但这次响声不大，原来他的四方头新皮鞋已换成布鞋，湖绉绸长衫已经换成了深蓝布长衫。鞋子一看就知道太短，后跟倒下去，前面翘起像条龙船。他一点不在乎，往桌上一坐，两脚交叉，悬空荡着。我才仔细看到有一只鞋子前面，黑布已破了个小洞。沈琪低声地说："你看，他的鞋子要吃饭了。"我说："他一定是舍不得穿皮鞋吧。"母亲说过，节俭的人，一定是苦读出身，非常用功。现在当了老师，一定不喜欢懒惰的学生，可是我又实在不喜欢物理化学算术这些功课。

他从口袋里摸出一个小小空心玻璃人，一张橡皮膜，就把小人儿丢入桌上有白开水的玻璃杯中，蒙上橡皮膜，用手指轻轻一按，玻璃人就沉了下去，一放手又浮上来。他问："你们觉得很好玩是不是？哪个懂得这道理的举手。"级长张瑞文举手了。她站起来说明是因为空气被压，跑进了玻璃人身体里面，所以沉下去，证明空气是有重量的。梁先生点点头，却指着我说："记在笔记本上。"我坐在进门的一个位子，他就专盯我。我记下了，他把笔记本拿去看了下说："哦，文字还算清通。"大家又笑了。一个同学说："先生点对了，她是我们班上的国文大将。"梁先生看我说："国文大将？"又摇摇头，"只有国文好不够，要样样事理都明白。你们知道物理是什么吗？物理就是宇宙间一切事物的道理。道理本来就存在，不是人所能创造的，聪明的科学家就是把这道理找出来，顺着道理一步步追踪它的奥妙，发明了许多东西。我们平常人就是不肯用脑筋思考，只会享现成福。现在物理课就是把科学家已经发现的道理讲给我们听，训练我们思考的能力和兴趣。天地间还有许多道理没有被发现的，所以你们每个人将来都有机会做发明家，只要肯用脑筋。"

讲完了这段话，他似笑非笑地闪着亮晶晶的金牙。我一想起"土牙"的外号，觉得很滑稽，却又有点抱歉。其实又不是我给起的，只是感到梁先生实在热心教我们，不应当给起外号的。他的话说得很快，又有点模糊不清，起初听来很费力，但因为他总是一边做些有趣的实验，一边讲，所以很快就懂了。他又说："日常生活中，无时无刻不接触到万物的道理。比如用铅笔写字，用筷子夹菜，用剪刀剪东西，就是杠杆定律，支点力点重点的距离放得对就省力，否则就徒劳无功，可是我们平常哪个注意到这个道理呢？这也就是中山先生所说的'知难行易'。可是我们不应当只做容易的事，要去试试难的，人类才会有进步。"

我们听了都很感动，他虽然是教物理，但时常连带讲到做人的道理。我们初三是全校的模范班，本来就一个个很哲学的样子，对于国文老师的一言一行，都佩服得五体投地，现在物理老师也使我们佩服起来了。

有一次，他解释"功"与"能"的分别时，把一本书捧在手中站着不动说："这是能，表示你有能力拿起这本书，但一往前走产生了运送的效果，就是功。平常都说功能、功能，其实是两个步骤。要产生功，必须先有能，但只有能而不利用就没有功。"他又点着我们说："你们一个个都有能，所以要用功。当然，这只是比喻啦。"说着他又闪着金牙，笑得好慈祥。

他怕我们笔记记不清，自己再将教过的实验画了图画，写了说明，编成一套讲义，要我们仔细再看，懂得道理就不必背。但在考试的时候，大部分背功好的同学都一字不漏地背上了，发还考卷的时候，他笑得合不拢嘴说："你们只要懂，我并不要你们背，但能够背也好，会考时候，全部题目都包含在这里面了。"他又看着我说，"你为什么改我的句子？"

我吓一跳，原来我只是把他的白话改成文言，所有的"的"字都改"之"字，句末还加上"也"、"矣"、"耳"等语助词，自以为文理畅顺，没想到梁先生会问，可是他并没不高兴，还说："文言文确是比较简洁，我父亲也教我背了好多《古文观止》。"

"《古文观止》只是一本书，怎么说好多《古文观止》？"沈琪又嘀咕了。

"对，你说得对，沈琪。"梁先生冲她笑，一副从善如流的神情。

梁先生终年都穿蓝布长衫，冬天蓝布罩袍，夏天蓝布单衫，九十华氏度的大热天都不出一滴汗。人那么瘦，长衫挂在身上荡来荡去。听说他曾得过肺病，已经好了，但讲课时偶然会咳嗽几声。他说粉笔灰吃得太多了，嗓子痒。

我每一听他咳嗽，心里就会难过，因为我父亲也时常咳嗽，医生说是支气管炎，梁先生会不会也是支气管炎呢？有一次，我把父亲吃的药丸瓶子拿给他看，问他是不是也可以吃这种药。他忽然把眉头皱了一下说："你父亲时常吃这药吗？"我回答"是的"。他停了一下说："谢谢你，我大概不用吃这种药，而且也太贵了。不过你要提醒你母亲，要特别当心你父亲的身体，时常咳嗽总不大好。"看他说话的神情，那份对我父亲的关切像是异乎寻常的，我心里很感动。

沈琪虽然对梁先生也很佩服，但她生性喜欢捉弄人，尤其是对男老师。她看梁先生喜欢坐桌子，就把桌子脚抹了蜡烛油，梁先生一坐就往后滑，差点摔一大跤，全班都笑了。沈琪笑得最响。先生瞪着她说："你笑什么？站起来。"

沈琪笔直地站起来，一副"视死如归"的样子，嘴里却不服气地说："又不是我一个人笑！"

"你最调皮，给我站好。"我们从来没见他这么凶过。

沈琪又咕噜咕噜轻声念着："土牙、土牙，你这个大土牙。"梁先生大吼："你说什么？"沈琪说："我没说什么，我在背物理讲义。"

"好，你背吧！"那一堂课，她一直站到下课。我们这才看到梁先生凶的一面，也觉得他罚女生站一堂课有点过分了。下一次上课，他又笑嘻嘻的，好像什么都忘了。想坐桌子时，用手推一把，摇摇头说："太滑了。不能坐。"

我们在毕业考的前夕，每个人心情都很紧张沉重，对于课堂的清洁和安静都没以前那么注意，但为了希望保持三年来一直的冠军和学期结束时领取银盾的纪录，级长总是随时提醒大家注意，可是这个希望，却因物理课的最后一次月考而破灭了。

那天梁先生把卷子发下来以后，就在课堂里踩着踢踏步兜圈子。大家正在专心地写，忽然听见梁先生一声怒吼："大家不许写，统统把铅笔举起来。"我们吓一大跳，不知是为什么，回头看梁先生站在墙边贴的一张纸的前面，指着纸，声色俱厉地问："是谁写的这几个字！快站起来，否则全班零分。"我当时只知道那张纸是级长贴的，上面写着："各位同学如愿在暑假中去梁先生家补习数学或理化的请签名于后。"因为他知道我们班上有许多数理比较差的，会考以后，考高中以前，仍需补习，他愿义务帮忙，确确实实不要缴一块钱，头一年就有同学去补习过，说梁先生教得好清楚易懂，好热心。所以我第一个就签上名，也有好多同学签了名。那么梁先生为什么那样生气呢？我实在不明白。冷场了好半天，没人回答。时间一分一秒地过去，我们心里又急又糊涂。我悄悄地问邻座同学究竟写的是什么呀？她不回答我，只是瞪了沈琪一眼，恨恨地说："谁写的快勇敢点出来承认，不要害别人。"可是沈琪一声不响，跟大家一齐举着铅笔。梁先生再一次厉声问："究竟谁写的？有勇气写，为什么没勇气承认？"忽然最后一排的许佩玲霍地站起来说："梁先生，罚我好了！是我写的，请允许同学们继续考试吧！"

梁先生盯着她看了半天说："是你？"

"我一时好玩写的，太对不起梁先生了。"说着，她就哭了起来。许佩玲是我们班上品学兼优的好学生，她这次究竟在那张纸上写些什么，惹得梁先生那么冒火呢？

"好，有人承认了就好。现在大家继续写答案。"他说。

我一面写，一面心乱如麻，句子也写得七颠八倒的。下课铃一响，卷子都一齐交上去。

梁先生收齐了卷子，向许佩玲定定地看了一眼就走了。下一节是自修课，大家一齐拥到墙边去看那张纸，原来在同学签名下的空白处，歪歪斜斜地用很淡的铅笔写着："土牙，哪个高兴来补习？"大家都好惊奇，许佩玲怎么会写这样的字句？也都有点不相信，又都怪梁先生未免太凶了，许佩玲的试卷变成零分怎么办？许佩玲幽幽地说："梁先生总会给我一个补考的机会吧。"平时最喜欢大声嚷嚷的沈琪，这时却木鸡似的在位子上发愣。我本来就满心怀疑，忍不住走过去问："沈琪，你怎么一声不响？我觉得许佩玲不会写的。"沈琪忽然站起来，奔到许佩玲身边，蹲下去，哽咽地说："你为什么要代我承认，你明明知道是我写的。我太对不起你，太对不起大家了。"

"我想总要有一个人快快承认，才能让同学们来得及写考卷。也是我不好，我看见了本想擦，一下子又忘了，不然就不会有这场风波了。沈琪，不要哭，没有关系的，我一二次月考成绩都还好，平得过来的。"许佩玲拍着沈琪的肩，像个大姐姐。她是我们班上比较年长的同学，是热心的总务股长，也是虔诚的基督徒，我很佩服她。

我们对她代人受过的牺牲精神都好感动，但对沈琪的忏悔痛哭，又感到很同情。级长说："沈琪，你只要快快向梁先生承认就好了，可以免去许佩玲受冤枉。"正说着，梁先生已经走过来了，他脸上一点没有生气的样子，只和气地说："同学们，我再给你们一次机会，那几个字究竟是谁写的？因为不像是许佩玲的笔迹。"沈琪立刻站起来说："是我，请梁先生重重罚我好了，和许佩玲全不相干。"

梁先生的金牙笑得全都露了出来，他说："沈琪，我就知道是你捣蛋。你为什么写'土牙'两个字？你为什么不愿意补习？你的数理科并不好，我明明是免费的啊！"他又对我们说："大家放心，你们的考试不会得零分。许佩玲的卷子我已经看过了，她是一百分。"

全班都拍起手来，连眼泪还挂在脸上的沈琪都笑了。我一直都不大喜欢沈琪，但由这次的事情看来，她也是非常诚实的，我对她的印象也好了。

梁先生走后，我们还在兴奋中，七嘴八舌地谈论着。忽然隔壁初二的级任导师走来，在我们的安静记录表上，咬牙切齿地打了个大叉叉，说我们吵得她没法上课。这一打大叉叉使我们这一学期的努力前功尽弃，再也领不到安静奖的银盾，而且破坏了三年来的冠军纪录。我们都好伤心，甚至怪那位初二导师，故意让我们失去这个机会。沈琪尤其难过，说都是因为她闯的祸，实在对不起全班。大家的激动使声浪无法压制下来，而且反正已经被打了叉叉，都有点自暴自弃的灰心了。此时，梁先生又来了，他是给我们送讲义来的，他时常自己给我们送来。看我们一个个失魂落魄的样子，还以为仍为沈琪的事，他说："你们安心自修吧！事情过去就算了，过而能改，善莫大焉。"我们却告诉他安静记录表被打叉叉的事，他偏着头满不在乎的样子，说："这有什么不得了，旁人给你做记录算得什么？你们都这么大了，都会自己管理自己。奖牌、银盾都是形式，校长给的奖也是被动的，应当自己给自己奖才有意思。"

"可是我们五个学期都有奖，就差了毕业的一个学期，好可惜啊！"

"唔！可惜是有点可惜，知道可惜就好了，全体升了高中再从头来过。"

"校长说要全班每人考甲等才允许免试升高中，这太难了。"

"一定办得到，只要把数理再加强。"

我们果然每人总平均都在甲等，这不能不说是由于梁先生的热心教导。升上高一的开学典礼上，梁先生又穿起那件褪色淡青湖绉绸长衫，坐在礼堂的高台上。校长特别介绍他是大功臣，专教初三和高三的数理的。

在高一，我们没有梁先生的课，但时常可以在教师休息室里看到他，踩着踢踏步满屋子转圈圈。十分钟休息的时候，我们常常请他跟我们一起打排球，他总是摇摇头说不行，没有力气。我们觉得他气色没有以前好，而且时常咳嗽得很厉害。有一天，校长忽然告诉我们，梁先生肺病复发，吐血了。在当时医学还不发达，肺病没有特效药，一听说吐血，我们马上想到死亡，心里又惊怕又难过，恨不得马上去医院看他。可是我们不能全体去，只有我们一班和高三、初三的级长，三个人买了花和水果代表全体同学去看他。她们回来时，告诉我们梁先生人好瘦，脸色好苍白。他还没有结婚，所以也没有师母在旁陪伴他，孤零零一个人和别的肺病病人躺在普通病房。医生护士都不许她们多留，只和他说了几句话就告别出来了。她们说梁先生虽然说话有气无力，还是勉励大家好好用功，任何老师代课都是一样的。叫我们不要再去看他，因为肺病会传染，他的父亲就是肺病死的。我们听了都不禁哭了起来。沈琪哭得尤其伤心，因为她觉得自己最最对不起梁先生。

不到两个月，就传来噩耗，梁先生竟然去世了。自从他病倒以后，虽然死的阴影一直笼罩着我们全班同学的心，但一听说他真的死了，没有一个同学愿意接受这残酷的事实。我们一个个号啕痛哭。想起他第一天来上课时的神情，他的那件飘飘荡荡又肥又短的褪色淡青湖绉绸长衫，卷得太高的袖口，一年四季的蓝布长衫，那双前头翘起像龙船的黑布鞋，坐在四脚打蜡的桌子上差点摔倒的滑稽相，一张笑咧开的嘴中露出的闪闪金牙。这一切，如今都只令我们伤心，我们再也笑不出来了。

在追思礼拜上，训导主任以低沉的音调报告他的生平事迹。说他母亲早丧，事父至孝。父亲去世后，为了节省金钱给父母亲做坟，一直没有娶亲，一直是孑然一身。他临终时还念念不忘双亲坟墓的事。他没有新衣服，临终时只要求把那件褪色淡青湖绉绸长衫给他穿上，因为那是他父亲的遗物。

听到这里，我们全堂同学都已哽咽不能成声。训导主任又沉痛地说："在殡仪馆里，看他被穿上那件绸衫时，我才发现两只袖口已磨破，因没人为他补，所以他每次穿时都把袖口折上去，他并不是要学时髦。"

全体同学都在嘤嘤啜泣。殡仪馆里，我们虽然全班同学都曾去祭吊过，但也只能看见他微微带笑的照片，似在亲切地注视我们。我们没有被允许走进灵堂后面，没有机会再看见他穿着那件褪色淡青湖绉绸长衫，我们也永不能再看见了。

金盒子

　　记得五岁的时候，我与长我三岁的哥哥就开始收集各式各样的香烟片了。经过长久的努力，我们把《封神榜》香烟片几乎全部收齐了。我们就把它们收藏在一只金盒子里——这是父亲给我们的小小保管箱，外面挂着一把玲珑的小锁。小钥匙就由我与哥哥保管。每当父亲公余闲坐时，我们就要捧出金盒子，放在父亲的膝上，把香烟片一张张取出来，要父亲仔仔细细给我们讲画面上纣王比干的故事。要不是严厉的老师频频促我们上课去，我们真不舍得离开父亲的膝下呢！

　　有一次，父亲要出发打仗了。他拉了我俩的小手问道："孩子，爸爸要打仗去了。回来给你们带些什么玩意儿呢？"

哥哥偏着头想了想，拍着手跳起来说："我要大兵，我要丘八老爷。"我却很不高兴地摇摇头说："我才不要，他们是要杀人的呢！"父亲摸摸我的头笑了。可是当他回来时，果然带了一百名大兵来了。他们一个个都雄赳赳的，穿着军装，背着长枪。幸得他们都是烂泥做的，只有一寸长短，或立或卧，或跑或俯，煞是好玩。父亲分给我们每人五十名带领。这玩意儿多么新鲜！我们就天天临阵作战。只因过于认真了，双方的部队都互有损伤。一两星期以后，他们都折了臂断了腿，残废得不堪再作战了，我们就把他们收容在金盒子里做长期的休养。

我六岁的那一年，父亲退休了。他要带哥哥北上住些日子，叫母亲先带我南归故里。这突如其来的分别，真给我们兄妹十二分的不快。我们觉得难以割舍的还有那唯一的金盒子与那整套的《封神榜》香烟片。它们究竟该托付给谁呢？两人经过一天的商议，还是哥哥慷慨地说："金盒子还是交给你保管吧！我到北平以后，爸爸一定会给我买许多玩意儿的！"

金盒子被我带回故乡。在故乡寂寞的岁月里，又受着家庭教育严厉的管束，童稚的心，已渐渐感到孤独与烦躁。幸得我已经慢慢了解《封神榜》香烟片背后的故事说明了。我又用烂泥把那些伤兵一个个修补起来。我写信告诉哥哥说金盒子是我寂寞中唯一的良伴，他的回信充满了同情与思念。他说，明年春天回来时定给我带许多好东西，使我们的金盒子更丰富起来。

第三年的春天到了，我天天在等待哥哥的归来。可是突然一个晴天霹雳似的电报告诉我们：哥哥竟在将要动身的前一星期，患急性肾脏炎去世了。我已不记得当这噩耗传来的时候，是怎样哭昏过去的，只觉得醒来时，已躺在母亲的怀里，仰视泪痕斑斑的母亲。孩子的心，已深深经验到人事的变幻无常。我除了恸哭，还能以什么话安慰母亲呢？

金盒子已不复是寂寞中的良伴，而是惹人伤感的东西了。我纵有一千一万个美丽的金盒子，也抵不过一位亲爱的哥哥。我虽是个不满十岁的孩子，却懂得不在母亲面前提起哥哥，只自己暗中流泪。每当受了严师的责罚，或有时感到连母亲都不了解我时，我就独个儿躲在房里，闩上了门，捧出金盒子，一面摆弄里面的玩物，一面流泪，觉得满心的忧伤委屈，只有它们才真能为我分担呢！

父亲安顿了哥哥的灵柩以后，带着一颗惨痛的心归来了。我默默地靠在父亲的膝前，他颤抖的手抚着我，他早已呜咽不能成声了。

三四天后，他才取出一个小纸包说："这是你哥哥在病中，用包药粉的红纸做成的许多小信封，一直放在袋里，原预备自己带给你的。现在你拿去好好保存着吧！"我接过来打开一看，原来是十只小红纸信封，每一只里面都套有信纸，信纸上都用铅笔画着"松柏常青"四个空心篆字，其中一个，已写了给我的信。他写着："妹妹，我病了不能回来，你快与妈妈来吧！我真寂寞，真想念妈妈与你啊！"可怜的我，那一晚上整整哭到夜深。第二天就小心翼翼地把小信封收藏在金盒子里，这就是他留给我唯一值得纪念的宝物了。

我十九岁的时候，母亲因不堪家中的寂寞，领了一个族里的小弟弟。他是个十二分聪明的孩子，父母亲都非常爱他，给他买了许多玩具。我也把我与哥哥幼年的玩具都给了他，却始终藏着了这只小金盒子，再也不舍得给他。有一次，不幸被他发现了，他就跳着叫着一定要。母亲带着责备的口吻说："这么大的人了，还与六岁的小弟弟争玩具呢！"我无可奈何，含着泪把金盒子让给小弟弟，却始终不忍将一段爱惜金盒子的心事，向母亲吐露。

金盒子在六岁的儿童手里显得多么不坚牢啊！我眼看他扭断了小锁，打碎了烂泥兵，连那几只最宝贵的小信封也几乎要遭殃了。我的心如绞着一样痛，觑着母亲不在，急忙从小弟弟手里救回来，可是金盒子已被摧毁得支离破碎了。我禁不住由心疼而愤怒，我打了他，他也骂我"小气的姊姊"，他哭了，我也哭了。

一年又一年，弟弟已渐渐长大，他不再毁坏东西了。九岁的孩子，就那么聪明懂事，他已明白我爱惜金盒子的苦心，帮着我用美丽的花纸包扎起烂泥兵的腿，用铜丝修补起盒子上的小锁，说是为了纪念他不曾晤面过的哥哥，他一定得好好爱护这只金盒子。我们姊弟间的感情，因而与日俱增，我也把思念哥哥的心，完全寄托于弟弟了。

弟弟十岁那年，我要离家外出。临别时，我将他的玩具都理在他的小抽屉中，自己带了这只金盒子在身边，因为金盒子对于我不仅是一种纪念，而且是骨肉情爱之所系了。

作客他乡，一连就是五年。小弟弟的来信，是我唯一的安慰。他告诉我他已经念了许多书，并且会画图画了。他又告诉我说自己的身体不好，时常咳嗽发烧，说每当病在床上时，是多么寂寞，多么盼我回家，坐在他身边给他讲香烟片上《封神榜》的故事。可是因为战时交通不便，又因为求学不能请假，我竟一直不曾回家看看他。

我不能不怨恨残忍的天心，在十年前夺去了我的哥哥，十年后竟又要夺去我的弟弟了。恍惚又是一场噩梦，一个电报告诉我弟弟突患肠热病，只两天就不省人事，在一个凄清的七月十五深夜，他去世了！在临死时，他忽然清醒过来，问姊姊可曾回来。尝尽了人间的滋味，如今已无多少欢乐与哀愁，可是这一只金盒子，却总不能不使我黯然神伤。我不忍回想这接二连三的不幸事件，我是连眼泪也枯干了。

哥哥与弟弟就这样地离开了我，留下的这一只金盒子，给予我的惨痛该是多么深！但正因为它给予我如许惨痛的回忆，使我可以捧着它尽情一哭，总觉得要比什么都不留下好得多吧！

几年后，年迈的双亲，都相继去世了。这暗淡的人间，这茫茫的世路，就只丢下我踽踽独行。

如今我又打开这修补过的小锁，抚摸着里面一件件的宝物，贴补烂泥兵小脚的美丽花纸，已减退了往日的光彩，小信封上的铅笔字，也已逐渐模糊得不能辨认了。可是我痛悼哥哥与幼弟的心，却是与日俱增，因为这些暗淡的事物，正告诉我他们离开我是一天比一天更远了。

忆儿时

妈妈的菩提树

　　我的小院落里，有一株九重葛，是一位好朋友送的。刚捧来时，开着满树的紫红花朵，可是不多久，花儿就一朵朵地萎谢，谢到后来，就只见绿叶不见花了。这岂不是李清照的词里所说的"知否？知否？应是绿肥红瘦"吗？但是她说的"绿肥红瘦"是形容绿叶茂盛，隐藏在里面的花朵儿显得小了。我这株九重葛却是谢了，花儿再也不重开。不但花儿不重开，连叶子也开始一片片地飘落，飘得就只剩光秃秃的几根树梗子了。到这地步，你说让人心里多着急。朋友说："大概是水土不服吧，过一阵子就好了。"

于是我就耐心地浇水，等待，等呀等的，顶儿上真的暴出一点嫩芽来了。我这一喜，真跟找回一只走失的心爱小狗或小猫一般无二。我天天对着嫩叶子呵气，因为据植物营养学家告诉我，植物白天需要碳酸气，对它呵气就是补充营养。叶子渐渐地愈长愈多，不久又是满枝浓绿，绿得新鲜，绿得精神。我想，不久该开花了。谁知它好像跟我闹别扭似的，就是不开花。直到现在，它还是一株长满了绿叶的无花九重葛。

望望人家的墙头，都开得满串的花儿，我真有点生气了。一位朋友说，把它扔掉吧，免得操心。可是看看它绿云如盖，怎么忍心扔呢？何况九重葛也不是非开花不可的呀！它硬是不开花不是也蛮有性格的吗？想起庄子说的，一株深山中的树，因为树干长得歪歪扭扭，不能当作建筑房屋的材料用，反倒没被砍掉，我怎么可以因为一株树不开花而扔掉它、枯死它呢？

想起故乡后院中，有一株长年不开花、不结果的枇杷树。母亲不但没对它抱怨过一句，还特别地喜爱它，称它为"菩提树"呢！

那株枇杷树，长得高高壮壮，听说曾一度开过花，结过枇杷，却不知什么缘故，以后就只长叶子，不开花结果了。长工阿荣伯每回在后院修剪花木时，就会嘀咕："没用的树，砍掉算了。"边说却边把脱下的衣服搭在枝丫上，铲子也靠在粗粗的树干上。母亲就笑他，说："阿荣伯，别瞧着枇杷树不顺眼，没有它，你的破棉袄搭在哪儿呀？"阿荣伯也笑了，说："我只是说说，长这么大的树，哪舍得砍呀？"他又看看我，说："只是小春年年想吃枇杷吃不到了。"母亲说："院子里长的桃梅李果吃都来不及吃，也不是非吃枇杷不可。何况你不是总给她买吗？"可是我总觉得自己园子里长的比买的稀罕又新鲜。我问母亲："这株枇杷为什么不结果呢？"母亲摇摇头说："我也不知道。不管它结不结果子，我就是喜欢看它浓浓密密的叶子。一片片跟缎子似的，多好看。树干树枝又是这般有力气，好像挑得起重担似的。我有时心里烦，或是做事做累了，就对着它望，看黄叶子一片片掉落了，嫩叶子又一片片长出来，心里就舒坦了。"母亲有时说话就像自言自语，我也听得半懂半不懂。总之，母亲喜欢这株无花无果的枇杷树，把它当朋友是一定的了。

有一年圣诞节，村子里天主堂的修女来我家——我们都喊修女白姑娘，因为洋人皮肤好白，又都穿白袍子，披戴白风帽。她手里提着一个小竹篮，里面是花花绿绿、金光闪闪的小玩意。她说这是装点圣诞树的饰物，有的是她自己做的，有的是美国带来的。知道我喜欢亮晶晶，特地分点给我，快过年了，可以挂在厅堂里热热闹闹的。白姑娘说得一口字正腔圆的温州话。母亲好喜欢她，时常让我送自己做的枣泥糕给她吃。母亲双手接过篮子，啧啧地赞美："好漂亮啊！我要把它挂在佛堂里。"母亲是信佛的，有什么好东西，第一就想到供佛。我拣了个金黄色的圆球，跳起来说："我要把这个挂在后院枇杷树上，保佑它明年结出满树的枇杷。"

母亲连连点头说好，白姑娘也高兴地帮起忙来。我又搬出一大堆彩色绉纸，闪亮的金纸、银纸。白姑娘教我剪剪糊糊，又做出好多可爱的名堂来，一串串挂在枇杷树上。霎时间，把它打扮得五光十色。母亲走来，拍手说："你看，这不是开花结果了吗？"

阿荣伯担心雨雪会淋凉它，就动手用竹子和稻草，搭起一个小小的篷架，枇杷树幸运地进了温室了。

我兴奋地端张矮凳坐在树下，合掌祷告起来。母亲笑眯眯地对白姑娘说："你们外国有圣诞树，我们中国有菩提树。"

"菩提树？"白姑娘有点不明白。

"小春的爸爸告诉我说：释迦牟尼佛在菩提树下面悟道发宏愿，普度众生。所以我们多看看菩提树，心肠会变好，人会聪明起来，烦恼忧愁也会没有了。"母亲解释给她听，很有学问的样子。

"老师说菩提树有十几丈高呢！这株枇杷树才这么点高。"我说。

"高矮有什么关系？你心里想着它有多高就有多高，想着它是什么树就是什么树。我就是叫它菩提树。"

原来母亲心中，一直有一株既开花又结子的菩提树。我渐渐长大了，母亲心中的菩提树，也渐渐根植在我心中。现在，对着这株无花九重葛，我也要把它叫作"菩提树"。

小虾米和海蜇

妹妹给我寄来一包蒸熟的小虾米，不是黄黄鼓鼓的那种，是乳白色扁扁的，一片一片的，我家乡叫它虾皮或溪虾。用米酒洗一下，再蘸醋吃，非常地鲜美下饭。小时候，每天早上，母亲都给我煮一碗热腾腾的蛋花溪虾泡饭。我跪在长板凳上吃得津津有味。

阿荣伯说，溪虾并不长在溪里，而是长在海里的，大概是因为它个子小小的，就叫它溪虾吧。溪虾那么小，在大海里怎么游呢？它们就爬在海蜇的身上，吸海蜇分泌出来的东西。原来身体庞大的海蜇是没有眼睛的瞎子，全靠溪虾做它的眼睛。聪明的溪虾看见前面有阻碍或敌人来了，就轻轻叮海蜇一下，海蜇就连忙躲开了。瞎子海蜇反变得浑身都是眼睛，行动灵敏起来。阿荣伯讲的故事我都非常相信，边吃边听边笑，笑得胃口大开，一筷一筷的溪虾往嘴里送。阿荣伯就会喊："吃太多了，你也要浑身长眼睛哩。"母亲却说溪虾是补的，吃了耳聪目明。可是近年来我却有点耳聋眼花的样子，一定不是因为年纪大了，而是因为多年来没吃溪虾之故吧，家乡的东西总是最补的。

小虾米究竟是不是海蜇的眼睛，我一直都想请教生物学家来证实一下。不管是不是真的，这两样生命能相互依赖合作，总是非常有趣的。

想起在纽约时，常看到盲人在街上走，全靠忠心耿耿的狗为他带路。好像是盲人牵着狗，其实是狗牵着盲人。狗向前走，盲人也向前走，狗停下来，盲人也停下来。狗过街，盲人才过街。聪明的狗，能辨方向，能认红绿灯，能知道主人要到哪里去。下地道，搭电车，一点不会错。上了车，盲人坐下来，狗就乖乖儿伏在他脚边，一动不动。奇怪的是这种向导狗一点不像平常的家狗那样，走几步就张开后腿撒尿。它们是经过特别训练的，它们慎重地负起保护和领导盲人的责任。

狗不像小虾米。小虾米爬在海蜇身上，固然也替它当眼睛，总还是要享受一点权利呢！

盲人和狗，小虾米和海蜇，都使我很感动。如果这个世界上，凡是有生命有灵性的东西，都相互依赖，相互帮助，不要彼此猜忌、伤害，该有多么好呢！

螃蟹的泡沫

有一个小朋友问老师："为什么买螃蟹要挑泡沫多的买呢？"老师回答说："螃蟹生活在水中，上岸以后，呼吸作用依然进行，呼吸时吐出许多白色的泡沫。生机愈强的螃蟹，呼吸作用效率愈高，吐的白泡沫也愈多。所以买螃蟹要买泡沫多的，才是新鲜的。"

这使我想起小时候吃螃蟹的事儿来了。记得那些螃蟹，在木盘里爬来爬去，吹着泡沫的样子，我们却马上要杀它们了，倒是真有点不忍心呢！可是螃蟹无论是清蒸以后，蘸酱油醋吃，还是由面粉、鸡蛋调了炒来做面拖蟹吃，都是最最鲜美的。

我母亲是虔诚的佛教徒，她最不愿意活杀鸡、活杀鱼。可是逢年过节，祭神祭祖又不得不杀，就是平时烧菜也不能不杀呀！她自己反正是不吃的，每回杀鸡杀鸭，她都请阿荣伯杀。她躲到佛堂里去跪着念《往生咒》超度鸡鸭们，免转轮回。顽皮的肫肝叔叔（他爱偷吃肫肝，我就叫他肫肝叔叔），悄悄在我耳边说："大嫂又在借刀杀人了。"听得我一拳想打过去。母亲念完经，斜眼看他，笑骂他"狗嘴里长不出象牙"。他伸伸舌头就走了。

肫肝叔叔学识丰富，每回阿荣伯从城里买回螃蟹，他就在边上指指点点地说："这个新鲜，那个不新鲜。"母亲问他什么道理，他说的道理就跟老师说的差不多。他说："泡沫多的就新鲜，因为它的肺活量大，离开了水还能活很久，慢慢儿呼吸、吹气。"母亲一听，心里愈加嘀咕了，这样活生生的螃蟹，怎么忍心上笼，把它们凌迟处死呢？所以她就老是摆着，等它们的泡沫慢慢地小了，直到快没有了才蒸。阿荣伯说："太太，活的才鲜，死了就不好吃了！"母亲双手合十说："活活蒸死，太罪过了。"肫肝叔叔大笑说："大嫂，你只知其一，不知其二，你不蒸它，让它们慢慢地干死掉，它还不是一样的痛苦，不如快快让它死去的好！"说得母亲左不是，右不是，真不知怎么办才好。我如果用手指去碰碰螃蟹，用碎枝子去挑它的泡沫，母亲就会把气出在我身上："走开走开，弄得一身都是腥味，晚上不要你爬到我床上来。"

其实爸爸也是信佛的，可是他尽管说"见其生不忍见其死，闻其声不忍食其肉"，却仍旧喜欢吃活杀鱼、活杀鸡，尤其是活蒸螃蟹。因为把酒持螯，对菊赋诗，螃蟹一只慢慢儿地剥来吃，实在是一件非常开心的事。他从北平带回一整套银质的吃螃蟹工具，有锤子、钳子、签子等等，不一而足，非常精致。我在边上帮着敲和剔，大的螃蟹钳子敲不动，都给胀肝叔叔吃，因为太麻烦了。可是螃蟹都吃光了，爸爸的诗并没吟出一首来。我脑子里知道的关于螃蟹的诗，总归只有那一百零一句："看尔横行到几时。"

眼看所有的螃蟹都粉身碎骨了，想起它们活的时候，那种"横行"的无知样子，心里也感到一阵恻然。我真想学母亲念《往生咒》，超度它们，可是胀肝叔叔又得笑我"猫哭老鼠假慈悲"了。

键子里的铜钱

每回闻到巷子里飘来一阵阵烤山薯的香味，我就会想起几十年前家乡那位卖烤山薯的老人，想起他一双黑漆漆的手和手里的两枚亮晶晶的铜钱。那是我从心爱的键子里，费了好大的劲儿剥出来给他的。他并没有接受，却笑眯眯地把铜钱放回我的口袋里，摇着竹筒慢慢走了。

那时，我大约十岁吧。有一天，在院子里踢键子，卖烤山薯的来了。闻到那股子香喷喷的味道，好想吃，身边没有钱，却伸着脖子问："老伯伯，几个铜板一个？"（那个时代，还用铜板呢，一枚银角子兑三十个铜板，一块银元兑三百个铜板。）老人一声不响，却笑嘻嘻地伸手从烘缸里取出一个小小的烤山薯，往我小手里一放，说："给你吃。"我好高兴好感激，就慢慢地剥开皮，万分珍惜地吃起来。

隔壁的二婶走过来了，她挑了几个大的烤山薯，称一称正好十个铜板。二婶说："算九个铜板吧，我手里只有九个。"老人说："不行，我要亏本的。"二婶说："下回补你就是。"就捧着山薯进去了。老人愣愣地望着她的那扇门。我呢，愣愣地望着老人。他满脸的皱纹很深很深，很不快乐的样子。我心里说不出的难过，只想代二婶给他那一个铜板，但是身边真的没有钱。看看手里啃了一半的烤山薯，结结巴巴地说："老伯伯，我也没给钱呢！"老人笑了，他说："小孩子嘛，送给你吃的。"我越发觉得心里不安，忽然想起毽子里面有两个铜钱。只是两个铜钱，怎么抵得过一个铜板呢？但我还是急急忙忙撕开毽子的包布，挖出两枚亮晶晶崭新的铜钱，递到老人手里说："老伯伯，给您。"他好半天才明白我的意思，马上把铜钱放回我的口袋里，摸摸我的头说："小姑娘，我怎么会拿你的钱呢？"他反而又从烘缸里取出一个烤山薯说："再给你一个。"我摇摇头不肯接。他把烤山薯也塞进我的口袋里，向我笑着摆摆手，推着烘缸走了。望着他微驼的背脊，我心里好难过，好像做错了一件什么事。

铜钱在口袋里叮叮地响着。伸手一摸，它们在烤山薯旁边，也是热烘烘的。我捏着撕破的毽子，回到书房里，把刚才的事告诉老师。老师仔细地听着，面露微笑。

我问老师："二婶是不是应当把欠老伯伯的一枚铜板再补给他呢？"老师想了下说："我想她会补给他的。我倒是很高兴你舍得把毽子里的两枚铜钱剥出来给他。"我说："我心里觉得自己欠了他很多似的。"老师说："不要难过，你有这份心就好了。我不是教过你大堂屏风上的朱伯庐先生治家格言吗？记不记得里面有一句：'与肩挑贸易，毋占便宜。'做小贩的，栉风沐雨，都是非常辛苦的。你长大以后，要格外懂得体谅做小本生意的人。"

老师慈和的诲勉，我要牢记心头。卖烤山薯老人满脸的风霜和他谦卑的笑容，伛偻的背影，也时常浮现眼前。他没有接受我的两枚铜钱，却接纳了我的心意。他给我白吃了两个热烘烘的烤山薯，使我永生感到温暖在心头。

浮生小记

人生自青年而中年而老年，有如游倦了姹紫嫣红的院落，漫步进入名山古刹，听鸟语松风，看水流花放，应当又是一番景象。

三更有梦书当枕

——我的读书回忆

　　我五岁正式由家庭教师教我"读书"——认方块字。起先一天认五个，觉得很容易。后来加到十个、十五个，越来越多，也越来越快。而且老师故意把字颠三倒四地让我认，认错了就打手心。我才知道读书原来是这么苦的一回事，就时常装病逃学。母亲说老师性子很急，想一下把我教成个才女，我知道以后一定受不了，不由得想逃到后山庵堂里当尼姑。母亲笑着告诉我尼姑也要认字念经的，而且吃得很苦，还要上山砍柴，我只好忍着眼泪再认下去。不久又开始学描红。老师说："你好好地描，我给你买故事书。"故事书有什么用？我又看不懂，我也不想看，因为读书是这么苦的事。

最疼我的老长工阿荣伯会画"毛笔画"，就是拿我用门牙咬扁了的描红笔，在黄表纸上画各式各样的人物。最精彩的一次是画了个戏台上的武生，背上八面旗子飘舞着，怀里抱个小孩，他说是"赵子龙救阿斗"，从香烟画片上描下来的。他翻过香烟画片，背面密密麻麻的字，阿荣伯点着一个字一个字地念，有的字我已经认识，他念错了，我给他改正，有的我也不认识。不管怎样，阿荣伯总讲得有头有尾。他说："小春，快认字吧，认得多了就会读这些故事了，这里面有趣得很呢！你认识了再来教我。"

为了要当他的老师，也为了能看懂故事，我对认字发生了兴趣。我也开始收集香烟画片。那时的香烟种类有大英牌、大联珠、大长城等等。每种包装里都有一张彩色画片，各自印的不同的故事：《封神榜》《三国演义》《西游记》《二十四孝》都有，而且编了号，但要收齐一套是很难的。一位大我十岁左右的堂叔，读书方面是天才，还写得一手好魏碑。老师却就是气他不学好，不用功。他喜欢偷酒喝、偷烟抽，尤其喜欢偷吃母亲腌的鸭肫肝，因此我喊他肫肝叔。他讲《三国》讲得真好听，又会唱京戏，讲着讲着就唱起来，边唱边做，刘备就是刘备，张飞就是张飞，连阿荣伯都心甘情愿偷偷从储藏室里打酒给他喝。我就从

116

父亲那儿偷加力克香烟给他抽。他有香烟画片都给我。我的香烟画片愈积愈多，故事愈听愈多，字也愈认愈多了。在老师面前，哪怕他把方块字颠来倒去，我都能确确实实地认得。老师称赞我天分很高，提前开始教"书"，他买来一本有插图的儿童故事书。第一天教的是司马光的故事，司马光急中生智，用大石头打碎水缸，救出将要淹死的小朋友。图画上一个孩子的头伸出在破缸外面，还有水奔流出来。司马光张手竖眉像个英雄，那形象我至今记得。很快，我把全本故事书看完了，仍旧很多字不认识，句子也都是文言，不过可以猜。不久，老师又要教诗："一去二三里，烟村四五家。亭台六七座，八九十枝花。"诗原来还可以数数呢。后来肫肝叔又教我一首："一片两片三四片，五片六片七八片。九片十片无数片，飞入梅花都不见。"似乎说是苏老泉作的，我也不知道苏老泉是谁。肫肝叔说苏老泉年岁很大才开始用功读书，后来成为大文豪，所以读书用不着读得太早，读得太早了反而变成死脑筋，以后就读不通了。他说老师就是一辈子读不通的死脑筋，只配当私塾老师。他说这话时刚巧老师走进来，一个栗子敲在他头顶上，我又怕又好笑，就装出毕恭毕敬的用功样子。可是肫肝叔的话对我影响很深，我后来读书总读不进去，总等着像苏老泉似的，忽然开窍的那一天。

八岁开始读"四书",《论语》每节背,《孟子》只选其中几段来背。老师先讲孟子幼年故事,使我对孟子先有点好感,但孟子长大以后,讲了那么多大道理我仍然不懂。肫肝叔真是天才,没看他读书,他却全会背。老师不在时,他解释给我听:"孟子见了梁惠王,惠王问他你咳嗽呀?('王曰叟')你老远跑来,是因为鲤鱼骨卡住啦?('亦将有以利吾国乎?'故乡土音'吾''鱼'同音。)孟子说不是的,我是想喝杯二仁汤('亦有仁义而已矣')。"他大声地讲,我大声地笑,这一段很快就会背了。老师还教了一篇《铁他尼邮船遇险记》。他讲邮船撞上冰山将要沉没了,船长从从容容地指挥老弱先上救生艇,等所有乘客安全离去时,船长和船员已来不及逃生,船渐渐下沉,那时全船灯火通明,天上繁星点点,船长带领大家高唱赞美诗,歌声荡漾在辽阔的海空中。老师讲完就用他特有的声调朗诵给我听,念到最后两句:"慈爱之神乎,吾将临汝矣。"老师的声调变得苍凉而低沉,所以这两句句子我牢牢记得,遇到自己有什么事好像很伤心的时候,就也用苍凉的声音,低低地念起:"慈爱之神乎,吾将临汝矣。"的确有一种登彼岸的感觉。总之,我还是非常感激老师的。他实在讲得很好,由这篇文章,我对文言文及古文慢慢发生了兴趣。后来他又讲了一个老卖艺人和猴子的故事给我听,命我用文言文写了一篇《义猴记》，写得文情并茂。内容是说一个孤孤单单的老卖艺人，与猴子相依为命。有一天猴子忽然逃走了，躲在树顶上，卖艺人伤心地哭泣着，只是忏悔自己亏待了猴子，没有使它过得快乐幸福。猴子听着也哭了，跳下来跪在地上拜，从此永不再逃，老人也取下了它颈上的锁链。后来老人死了，邻居帮着埋葬他，棺木下土时，猴子也跳入墓穴中殉主了。我写到这里，眼泪一滴滴落下来，落在纸上，不知怎的，竟是越哭越伤心，仿佛那个老人就是我自己，又好像我就是那只跳进墓穴的猴子。确实是动了真感情的，照现在的说法，大概就是所谓的"移情作用"吧。老师虽没有新脑筋，倒也不是肫肝叔说的那样死脑筋，他教导我读书和作文，确实有一套方法。可惜他盯得太紧，罚得太严，看到他教起《女诫》《女论语》时那副神圣的样子，我就打哆嗦。有一次，一段《左传》实在背不出来，我就学母亲抚着肚子装"心口痛"，老师说我是偷吃了生胡豆，肚子里气胀，就在抽屉里找药丸。翘胡子仁丹跟蟑螂屎、断头的蜡烛和在一起，怎么咽得下去，我连忙打个嗝说好了好了。其实老师很疼我。他长斋礼佛，佛堂前每天一杯净水，一定留给我喝，说喝了长生不老，百病消除。加上母亲的那一杯，所以我每天清早得喝两杯面上漂着香灰的净水，然后跪在蒲团上拜了佛，才开始读书。老师从父亲大书橱中取出来的古书散发着浓浓的樟脑味，给人一种回到古代的感觉。记得那部《诗经》的字体非常非常的大，纸张非常非常的细而白。我特别喜欢。可惜我背的时候常常把次序颠倒，因为每篇好几节都只差几个字，背错了就在蒲团上罚跪，跪完一支香。起初我抽抽噎噎地哭，后来也不哭了，闻着香烟味沉沉地想睡觉，就伸手在口袋里数胡豆，数一百遍总该起来了吧。肫肝叔说得不错，人来此世界只为受苦，我已开始受苦了。不由得又念起那句："慈爱之神乎，吾将临汝矣。"晚上告诉母亲，母亲说："你不可以这样调皮。你要用功读书，我还指望你将来替我争口气。"我知道她为的是我喊二妈的那个人。二妈是父亲在杭州做大官时娶回的如花美眷，这件事着实伤了母亲的心，也使我的童年蒙上一层阴影。现在事隔将近半个世纪，二妈也去世整二十年，回想起她对我的种种，倒也并不完全出于恶意。有件事还不能不感激她，就是我能够有机会看那么多小说，正是由于她。她刚回故乡时，因杭州人言语不通，就整天躲在房里看小说。父亲给她买了不知多少小说，都用玻璃橱锁在他自己书房里，钥匙挂在二妈胁下叮叮当当地响。我看了那些书好羡慕，却是拿不到手。老师也不许我看"闲书"。有一天，肫肝叔设法打开书橱，他自己取了《西厢记》《聊斋志异》等，给我取了

120

《七侠五义》《儿女英雄传》。我们就躲在谷仓后面，边啃生番薯边看，看不懂的字问肫肝叔。为了怕二妈发现，我们得快快地看。因此我一知半解，不像肫肝叔过目不忘，讲得头头是道。但无论如何，我们一部部换着看，背着老师，倒也增长了不少"学问"。在同村的小朋友面前，我是个有肚才的"读书人"。他们想认字的都奉我为小老师，真是过足了瘾。可见"好为人师"是人之天性。阿荣伯为我在他看守橘园的一幢小屋里，安排了条凳和长木板桌，那儿人迹罕至，我和小朋友们可以摆家家酒，也可以上课读书。我教起书来好认真，完全是一副铁面无私的样子。我的教材就是儿童故事书和那一套套的香烟画片，我讲了故事再讲背后的"文章"，挑几个生字用墨炭写在木板上，学着老师教我的口气，有板有眼，还要他们念，念不出来真的就打手心。我清清楚楚记得有一次硬是把一个长工的女儿打哭了。她母亲向我母亲告状说我欺侮她，还起了一场小小的风波。我心里那份委屈，久久不能忘记，因此也体会到，每当老师教我时，我实在应该用心听讲，才不辜负老师的一片苦心。

二妈双十年华，却也吃斋拜佛，照说应该和我母亲合得来，但她们各拜各的佛，连两尊如来佛都摆出各不相让、各逞威严的样子。二妈用杭州口音念《白衣咒》《心经》，非常好听。我印象最深的是她看小说也一句句大声地念出来，她看《天雨花》《燕山外史》等等，念一句，顿一顿，我站在一边听呆了。她回脸瞪着我问："你在这儿干什么？"我很自然地说："听你念书呀！"她大声说："小孩子不能看这些书。"我心想我并没有看，是你在看呀！但也懒得分辩，回瞪她一眼就走开了。但不幸的是有一天被她发现《红楼梦》不见了，她确定是我偷的，更糟的是父亲又发现书房里少了几幅名画、几部碑帖，两案并发，肫肝叔和我都受了严重的拷问。肫肝叔把一切都承认了，一副视死如归的样子。他说拿碑帖是为了临摹，父亲当场叫他写字，他拿起笔一挥而就，写的是"南无阿弥陀佛"六个大字，露着一脸的得意。没想到父亲居然点了几下头说："字倒是有天分，你以后索性从写字上下功夫。"肫肝叔奉命唯谨，父亲就叫他抄《金刚经》，抄朱伯庐先生《治家格言》。于是二妈的矛头转向我，低声地说："小春，你应当专心读圣贤书，这种小说不是你应当看的。"她的声音温和里透着一股斩钉截铁的力量，这股力量是父亲给她的。从那时起，我就怕了她，也有点恨她。但是看闲书的欲望却愈来愈强烈，我怀着一份报复的心理，去看大人们不许看的书。《清宫十三朝》《七剑十三侠》《春明外史》《施公案》《彭公案》……越看越觉得闲书比《左传》《孟子》有趣多了。老师看我昏昏沉沉的样子，索性开了书禁，每天指定我看几回《三国演义》、几回《东周列国志》，命我学东莱博议写人物史事评论，这下又苦了我了。肫肝叔却是文章洋洋洒洒，有一天他主动写了一篇《曹孟德论》，把曹操捧上天，说刘备是个"德之贼也"的乡愿，父亲和老师看了都连连点头。他得意地对我说，写议论文一定要有与众不同的见解，才可以出奇制胜。但我对议论文总是没兴趣的，因此古文中的议论文也不喜欢读。我背得最熟的是李白的《春夜宴桃李园序》、刘禹锡的《陋室铭》和欧阳修的《醉翁亭记》，好像自己也有飘然物外之概。

幸好这时我的另一位在上海念大学的二堂叔暑假回来了。他带回好多杂志和新书。大部分都是横着排印的，看了好不习惯，内容也不懂。他说那都是他学"政治经济"的专门书，他送给我一本《爱的教育》和一本《安徒生童话集》。我说我早已读大人的书了，还看童话。他说童话是最好的文学作品之一种，无论大人孩子都应当看。他并且用"官话"念给我听。他说"官话"就是人人能懂的普通话，叫我作文也要用这种普通话写，才能够想说什么就写什么，写得出真心话。老师不赞成他的说法。老师说一定要在十几岁时把文言文基础打好，年纪大点再写白话文，不然以后永不会写文言文了。我觉得老师的话也有道理。

比如我读林琴南的《茶花女轶事》《浮生六记》《玉梨魂》《黛玉笔记》等，那种句子虽然不像说话，但也很感动人，而且可以摇头晃脑地念，念到眼泪流满面为止。二叔虽然主张写白话文，他自己古文根基却很好。他又送我苏曼殊的《断鸿零雁记》，害我读得涕泪交流。这些爱情书，都是背着父亲和老师看的。我那时的兴趣早已从"除暴安良"的武侠转移到"海枯石烂"的言情了。十二岁的女孩子，就学着《黛玉笔记》的笔调，写了篇《碎心记》。放在抽屉里被老师看到了，他摆着一脸的严肃说："文章还可以，只是小小年纪，不可以写这种悲苦衰烂的句子，会影响你的福分的。"其实我写的是母亲的心情，自认为写得非常哀怨动人。二叔也夸我写得好，说我以后可以写小说，不过要用白话文写。他叫我把他的故事写下来。原来他心里有一段非常罗曼蒂克的爱情。他喜欢侍候二妈的丫头阿玉。阿玉见了他，低垂着眼帘含有说不完的情意，肫肝叔也喜欢她，她理也不理他，肫肝叔说："她是应当喜欢二哥的，我不配。"从这一点看，肫肝叔是个心地很好的人。我教阿玉认字读书，二叔也买了整套的伟人故事书送她。肫肝叔说："还是让她读《二十四孝》吧！那样她才能死心塌地侍候二嫂，读新书她就会不甘心。她就会哭的。"他说得一点不错。阿玉一直忍，也一直哭，后来哭着被嫁给了船夫，全家就在一条乌篷船上漂漂荡荡，二叔对她的爱情也没个了结。在当时，他俩那种脉脉含情的样子看了真叫人心碎。我打算学郁达夫《迟桂花》的笔调来写，但后来进了中学，学算术，学英文，看闲书、写闲文的心情反而没有了。

我到杭州考取中学以后，吃斋念佛的老师觉得心愿已了，就出家当和尚去了。我心头去了一层读古书的压迫感，反而对古书起了好感。寒暑假，就在父亲书橱中，随意取出一本本线装书来翻翻，闻到那股樟脑味，很思念老师。父亲要我有系统地读四史。《古文辞类纂》和《十八家诗钞》由他选了给我读。可是我只能按着自己的兴趣背诵，父亲有点失望，他说我将来绝不是个做学问的人，这一点是不幸而言中了。

从学校图书馆中，我借来很多小说和散文，尤其是翻译小说。父亲对朱自清、俞平伯的文章很欣赏，可是小说仍不赞成我多看。我倒也用不着像小时候那么躲着他偷看。那时中学课业不像现在繁重，课余有的是时间。我看了巴金、老舍、茅盾等人的小说。西洋小说中，我最爱罗曼·罗兰的《约翰·克利斯朵夫》，反复看了几遍。奥尔柯德的《小妇人》是当英文课本念的，我们又被指定看《好妻子》《小男儿》的原文，因为文字较浅。其他如《简·爱》《傲慢与偏见》《悲惨世界》，亦使我爱不释手。尤其是《小妇人》和《简·爱》。我感到写小说并不难，只要有一颗充满"爱"的心。记得当时还模仿名家笔法，写了一个中篇小说《三姐妹》，大姐忧郁如林黛玉，日记都是文言文的，二姐是叛逆女性，三妹天真无邪。写得情文并茂，自谓熔《红楼梦》《小妇人》和《海滨故人》于一炉，此文如在，倒真是我的处女作呢！二妈向我借去《茶花女》和庐隐的《象牙戒指》，又一句句地念出声来，念完了偏又说："如今的新派小说真啰唆，形容句子一大堆，又没个回目。"这么说着，却又向我再借，有时还看得眼圈儿红红的。在看小说上，我们倒成了朋友。我把这话告诉母亲，母亲深陷的眼神定定地看着我半晌说："你们彼此能谈得来，我也放心不少。"母亲脸上表情很复杂，好像欣慰，又好像失落了什么。我心里很难过。我觉得圣贤书和罗曼蒂克的爱情至上主义很难协调，因此我把《红楼梦》看了又看，觉得书中人个个值得同情。对自己的家庭，我也作如是观。因此我一时豁达，一时矛盾，一时同情母亲，一时同情二妈。后来读了王国维的《红楼梦评论》，好像又进入另一种境界，想探讨人生问题、心性问题。教我国文的王老师叫我看《宋儒学案》、王阳明《传习录》、胡适《中国哲学史大纲》。可是对我来说，这些书都太深了，倒是《传习录》平易近人。那时启发心智的书不及现在这么丰硕，我本是个不喜爱看理论书的人，父亲恨不得我把家中藏书都读了，我却毫无头绪地东翻翻西摸摸。先读《庄子》，读不懂了放下来再抽出《楚辞》来念，念着《离骚》和《九歌》时，不禁学着家庭老师凄怆的音调低声吟诵起来，热泪涔涔而下，觉得人生会少离多，十分悲苦，心中脑中一团乱丝理不清。我写信给故乡的二叔和胇肝叔，他们的回信各不相同。二叔劝我读唐诗宋词，寄给我纳兰的《饮水词》、吴藻香的《香南云北庐词》与李清照的《漱玉词》，叫我细读。他说诗词是图画的、音乐的、哲学的，多读了对一切自能融会贯通。胇肝叔却叫我读《庄子》，读《佛经》，他介绍我看《景德传灯录》《佛说四十二章经》《心经浅说》。那阵子，我变得痴痴呆呆，有无限的虚无感、孤独感，觉得自己是个哲人，没有人了解我。王老师发现我在钻牛角尖，叫我暂时放下所有的书本，连小说也别看，撒开地玩。他时常带我们去湖滨散步。西湖风光四时不同，每处景物都有历史掌故，他风趣的讲解和爽朗的笑声，使我心胸开朗了不少。他说读书、交朋友、游山玩水三者应融为一体，才是完整的人生。所谓人生哲学当在日常生活中去体会寻求，不要为空洞的理论所困扰。他说"三更有梦书当枕，千里怀人月在峰"，就是三者合一的境界。高中三年中，王老师对我的启迪很多。他指导我速读和精读的方式，如何做笔记，如何背诵，如何捕捉写作的灵感。我渐渐感到生命很充实，自己在成长，成长中，大自然、朋友、书本是最好的伴侣。

父亲爱读书、藏书，也爱搜集版本、碑帖和名家字画。杭州住宅书房中，有日本影印《大藏经》《四史精华》《四库全书》珍本，三希堂、淳化阁法帖和许多善本名家诗文集。父亲每年夏天都去别墅云居山庄避暑，所以山上也有一部分他自己特别喜爱的书。放暑假后，我就上山陪他散步读书。别墅是三间朴素的小平房，绕屋是葱茏的细竹。四周十余亩空地一半是果园，一半种山薯玉蜀黍。山顶有一座小小茅亭，每天清晨我们在亭中行深呼吸，东方彩霞映照着烟波缥缈的钱塘江，左边是沉睡的西子湖。父亲晚年怀着逃世的心情上山静养，勉励我要好好利用藏书，爱惜藏书，不要学不肖子弟，把先人藏书字画都卖了。父亲说这话是很沉痛的，因为我是长女，妹妹才五岁，家中没有应门五尺的男童。所以，我当时曾立誓要保存父亲在杭州和故乡两地的全部藏书。没想到抗战军兴，父亲带了全家回故乡，杭州沦于敌手，全部书画就无法照顾了。

避乱故乡，父亲忧时伤事，健康一日不如一日，幸得故乡的书斋中，另有一套藏书，商务影印的《大藏经》《四部丛刊》《二十四史》《十三经注疏》等。大伏天里，在城里工作的二叔特地回来帮我晒书。肫肝叔也来了，他还是那副吊儿郎当的样子，头发稀稀疏疏的，竟已像个老头子了。二叔则显得越发深沉了。父亲见了他很高兴，叫他帮着我把书房整理出来。父亲的书房在正屋右首边，隔一道青石大屏风。一幢单独平房内分三间，最外面一间摆着红木镶云母石面的长桌，以备赏画之用。进圆洞门另一长房间是书房，一边一张柚木榻床，父亲看书倦了在此休息，右首套房是经堂，是父亲诵经静坐之处，书橱里是藏经。《四部丛刊》以及木板善本专集等，则放在外书房中。这一座书城已足够使二叔和我留恋了。肫肝叔在山中捡来一些松树的内皮，就着自然的笔磔拼成“听雨轩”三字，贴在圆洞门上。父亲看到了也点头赞许。经堂的落地门外是小院落，种着茂盛的水竹，风雨掠过，竹浪翻腾。在我的记忆里，好像这个小院落中，一直下着雨。也许是因为父亲和我都偏爱雨，喜欢在雨天到经堂里，燃起一炉檀香，隔着窗儿欣赏万竿烟雨图。父亲病中喜读杜甫书，大概是国难家仇，心境与少陵相似。因此影响我于学诗之初，就偏爱杜诗。我第一首律诗《怀西湖友人》就是由父亲改定的。记得当中四句是：“三年湖海灯前梦，万古沧桑劫后棋。故国云山应未改，西湖筇屐倘相期。”父亲兴来时也作诗，可惜他的诗稿，于离乱中不及带出。现在还记得几首，有一首记友人来访的诗："具黍但园蔬，虚邀有愧予。倾杯迎故旧，备箸恕清疏。老至交情笃，乱来村里墟。瓯江幸地僻，还喜暂安居。"虽未见功力，却是款切自然。我们父女听雨轩中岁月，还算过得悠闲。二叔于每星期假日，一定下乡陪父亲做上下古今谈。他读的新理论书比父亲多，我更不敢望其项背。他每于书橱中取出一部书，略略翻阅，便能述其梗概。他告诉我无论读古书新书，都要能抓住重点，先看作者自序与目录，略读即可，不必逐字逐句推敲。如有兴趣，可摘录与自己相同及相反意见，并加批注，最好用活页，以所读书性质归类，不做笔记亦可，于书页上下空白处批注。纯文学书如诗歌散文，则可任意圈点。他说会读书的人，不但人受书的益处，书亦受人的益处。此话我时时牢记在心，和大学时夏老师的话不约而同。他诗词背得很多，用工楷抄了一本诗词选，题为《诗词我爱录》。后来我也学他把自己心爱诗词抄一本《心爱诗词选》。此抄本曾带来台湾，不意竟在办公室抽屉中不知被何人盗去，十分痛心。他和父亲谈哲学、宋明理学，说来头头是道，连佛经他都看了不少。他并不赞成我年纪轻轻的就读佛经，却写了佛经上四句给我做座右铭："一切众生，莫不有心，凡有心者，皆当成佛。"他说：佛经道理深奥，总括起来也就是"我心即佛"四字。"佛"即是最高之智慧。宋明理学无论是程朱、陆王，都未跳出这个道理，只是治学方法不同而已。他说肫肝叔虽也看佛经，却是自恃聪明，走火入魔，十分可惜。那时肫肝叔已不幸染上不良嗜好，处处躲着我父亲，见了二叔也是自惭形秽，默无一言。对我却始终推心置腹，他给我看他自叹的诗，记得其中四句是"因无骨相饥寒定，只合生涯冷淡休。羞向鸡虫计得失，哪堪儿女足酸愁"。我看了也只有叹息。父亲去世时，他于无穷悔恨中，作了一首挽联："涕泪负恩深。忆十年诲谕谆谆，总为当时爱我切。人天悲路绝。对四壁图书浩浩，方知今日哭兄迟。"至今忆及，犹感怆然。这两位叔叔一样有极高天分，一样读了很多书，却是气质如此迥异，人生观如此不同。这疑问，我到今天都时时在心。

父亲逝世后，我又单身负笈沪上继续学业。大学的中文系主任夏承焘老师对我在读书方法上，另有一番指引。他说读书要"乐读"，不要"苦读"。如何是"乐读"呢？第一要去除"得失之心"的障碍，随心浏览，当以欣赏之心而不必以研究之心去读。过目之书，记得固然好，记不得也无妨。"四史"及《资治通鉴》先以轻松心情阅读，古人著书时之浑然气运当于整体中得之。少年时代记忆力强，自然可以记得许多，本不必强记，记不得的必然是你所不喜欢的，忘掉也罢。遇第二次看到有类似故事或人物时自然有印象。读哲学及文学批评书时，贵在领悟，更不必强记。他说了个有趣的比喻：你若读到有兴会之处，书中那一段，那几行就会跳出来和你握手，彼此莫逆于心。遇有和你相反意见时，你就和它心平气和辩论一番，所以书即友，友亦书。诗词也不要死死背诵，更不必记某诗作者谁属，张冠李戴亦无妨，一心纯在欣赏。遇有心爱作品，反复吟诵，一次有一次的领会，一次有一次的境界。吟诵多了自然会背，背多了自然会作，且不至局限于某一人之风格，全就个人性格发展，写出流露自己真性情的作品。他教学生以轻松的行所无事之态度读书，自己却是以极认真严肃态度做学问。他做了许多诗人、词人的年谱，对白石道人研究尤为深入。我也帮他整理许多资料，总觉研究工作很枯燥，他说是年龄境界未到，不必勉强，性格兴趣不相近，也不必勉强。大学四年中，得夏老师"乐读"的启示，我培养了读书的兴趣，也增加了写作的信心。卒业后避乱穷乡，举目无亲，心情孤寂，幸居近省立联高，就向图书馆借来西洋哲学书及翻译小说多种阅读。我写信给夏老师报告读书心得，也诉了一些内心的悲苦。他来信告诉我说："近读迭更司块肉余生①一书，尤反复沉醉，哀乐不能自主。自唯平生过目万卷，总不及此书感人之深……如有英文原本，甚望重温数遍，定能益汝神智，富汝心灵，不仅文字之娱而已也。"他也正在读歌德书，每节录其中警语相勉："人生各在烦恼中过活，但必须极肯定人生，乃能承受一切幻灭转变，不为所动，随时赋予环境以新意义、新追求，超脱命运，不为命运所玩侮。"他又说："若无烦恼便无禅，望你以微笑之智慧，化烦恼为菩提，以磨刮出心性之光辉。"他指示我读西洋哲学之余，应当回过来再读《老子》。篇幅不多，反复读之，自能背诵。《老子》后再读《庄子》，并命于"万有文库"中找出《西塞罗文录》来读其中说老一篇，颇多佳喻。我写给他自己习作的词。他说："文字固清空，但仍须从沉着一路做去。"他叫我不要伤春，不要叹年长，人之境界，当随年而长。他引僧肇物不迁论中句"旋岚偃岳而常静，江河竞注而不流"以勉励。他说："年来悟得作诗作词，断不能单从文字上着力。放翁云：'尔来书外有工夫。'愿与希真②共勉之。"他的来信，每一

---

① 迭更司，现通译为狄更斯（1812—1870），英国作家。"块肉余生"即《块肉余生述》，为林纾翻译，现通译为《大卫·科波菲尔》。

② 琦君原名潘希珍，夏承焘称其为"希真"。

句话都像名山古刹中的木鱼清磬之音，时时敲击心头，助我领悟人生至理。如今恩师身在大陆。曾记当年在沪上时，杭州陷于日寇，他曾有词咏孤山云："湖山信美，莫告诉梅花，人间何世。独鹤招来，共临清镜照憔悴。"不知他面对今日大好河山，清镜中更是怎样一副白发衰颜呢？

抗战后半期，我虽与恩师不曾同处一地，而书信往还，他对我读书为人为学，启迪实多。在那一段宁静的岁月中，我也确实读了一些书，但愈读愈感到在浩瀚书海中自身知识的贫乏和分寸光阴的可贵。

还乡后，第一件事就是叩见恩师，并请他指点如何重整残缺的图书。因家园曾一度陷于日寇，听雨轩被日机炸毁一角，一部分藏书化为灰烬。复员回杭州，检点寓所与云居山庄两处的存书，许多善本诗文集都已散失，藏经和碑帖亦已残缺不齐。这都是无法重补的书，实令人痛心。统计永嘉与杭州两处余书不及原来三分之一。追念父亲当年的托付之重，我乃尽力把《四部丛刊》《四部备要》及《四库全书》珍本等丛书中缺失者买来补齐，重新整理书房，且供上佛堂，也是对先人的一点纪念。后来把杭州的藏书全部捐赠浙江大学图书馆，故乡的书全部捐赠籀园图书馆（孙仲容先生读书馆），希望借了公家力量，保留一二，亦足以告慰先父在天之灵。我当时仓皇离开杭州，行囊简便，自己特别心爱的几部书和父亲生前批注圈点过的书，都无法携带。

二十多年来，我也陆陆续续买了不少自己喜爱的书，加上朋友们赠送的著作，我也拥有好几书橱的书了。但是想起大陆故乡和杭州两处数遭兵劫的万册藏书，焉得不令人魂牵梦萦。偶然在旧书摊上买到一部尘灰满面的线装书就视同至宝，获得一部原版影印的古书，就为之悠然神往。披览之际，就会想起童年时代打着哈欠背《左传》《孟子》时的苦况，怀念起所有爱护我的长辈和老师。尤其是当我回忆陪父亲背杜诗闲话家常时的情景，就好像坐在冬日午后的太阳里，虽然是那么暖烘烘的，却总觉光线愈来愈微弱了。太阳落下去明天还会上升，长辈去了就是去了，逝去的光阴也永不再回来。春日迟迟中，我坐在小小书房里，凌凌乱乱地追忆往事，凌凌乱乱地写，竟是再也理不出一个头绪来。我只后悔半生以来，没有用功读书，没有认真做学问。生怕渐渐地连后悔的心情都淡去，只剩余一丝丝怅惘，那才是真正的悲哀呢！

读书琐忆

　　我自幼因先父与塾师管教至严，从启蒙开始，读书必正襟危坐，面前焚一炷香，眼观鼻，鼻观心，苦读苦背。桌面上放十粒生胡豆，读一遍，挪一粒豆子到另一边。读完十遍就捧着书到老师面前背。有的只读三五遍就琅琅地会背，有的念了十遍仍背得七颠八倒。老师生气，我越发心不在焉。肚子又饿，索性把生胡豆偷偷吃了，宁可跪在蒲团上受罚。眼看着袅袅的香烟，心中发誓，此生绝不做读书人，何况长工阿荣伯说过："女子无才便是德。"他一个大男人，只认得几个白眼字（家乡话，形容少而且不重要之意），他不也过着快快乐乐的生活吗？

　　但后来眼看五叔婆不会记账，连存折上的数目字也不认得，一点辛辛苦苦的钱都被她侄子冒领去花光，只有哭的份儿，又看母亲用颤抖的手给父亲写信，总埋怨词不达意，十分辛苦，父亲的来信，潦潦草草，都请老师或我念给她听，母亲劝我一定要用功，我才发愤读书，要做个"才女"，替母亲争一口气。

古书读来有的铿锵有味，有的拗口又严肃，字既认多了，就想看小说。小说是老师不许看的闲书，当然只能偷着看。偷看小说的滋味，不用说比读正经书好千万倍。我就把书橱中所有的小说，一部部偷出来，躲在远离正屋的谷仓后面去看。此处人迹罕至，又有阳光又有风。天气冷了，我发现厢房楼上走马廊的一角更隐蔽。阿荣伯为我用旧木板就墙角隔出一间小屋，屋内一桌一椅。小屋三面木板，一面临栏杆，坐在里面，可以放眼看蓝天白云、绿野平畴。晚上点上菜油灯，看《西游记》入迷时忘了睡觉。母亲怕我眼睛受损，我说栏杆外碧绿稻田，比坐在书房里面对墙壁熏炉烟好多了。我没有变成四眼田鸡，就幸得有此绿色调剂。

小书房被父亲发现，勒令阿荣伯拆除后，我却发现一个更隐蔽安全处所，那是花厅背面廊下长年摆着的一顶轿子。三面是绿呢遮盖，前面是可卷放的绿竹帘。我捧着书静静地坐在里面看，绝不会有人发现。万一听到脚步声，就把竹帘放下，格外有一份与世隔绝的安全感。

我也常带左邻右舍的小游伴，轮流地两三人挤在轿子里，听我说书讲古。轿子原是父亲进城时坐的，后来有了小火轮，轿子就没用了，一直放在花厅走廊角落里，成了我们的世外桃源。游伴们想听我说大书，只要说一声"我们进城去"，就是钻进轿子的暗号。

在那顶轿子书房里，我还真看了不少小说呢。直到现在，我对于自己读书的地方，并不要求如何宽敞讲究，任是多么简陋狭窄的房子，一卷在手，我都能怡然自得，也许是童年时代的心理影响吧。

进了中学以后，高中的国文老师王善业先生，对我阅读的指导、心智的发现至多。他知道我已经看了好几遍《红楼梦》，就教我读王国维《红楼梦评论》，由小说探讨人生问题、心性问题。知道我在家曾读过《左传》《孟子》《史记》等书，就介绍我看朱自清先生古书的精读与略读，指导我如何吸取消化。那时中学生的课外书刊有限，而汗牛充栋的旧文学书籍，又不知如何取舍。他劝我读书不必贪多，贪多嚼不烂，徒费光阴。读一本必要有一本的心得，读书感想可写在纸上，他都仔细批阅。他说："如是图书馆借来的书，自己喜爱的章句当抄录下来。如果是自己的书，尽管在书上加圈点批评。所以会读书的人，不但人受书的益处，书也受人的益处。这就叫作'我自注书书注我'了。"他知道女生都爱背诗词，他说诗词是文学的，哲学的，也是艺术音乐的，多读对人生当另有体认。他看我们有时受哀伤的诗词感染，弄得痴痴呆呆的，就叫我们放下书本，带大家去湖滨散步，在照眼的湖光山色中讲历史掌故、名人轶事，笑语朗朗，顿使人心胸开朗。他说读书与交友像游山玩水一般，应该是最轻松愉快的。

高中三年，得王老师指导至多，我也培养起阅读的兴趣与精读的习惯。后来抗战期间，避寇山中，颇能专心读书，勤做笔记，也曾手抄喜爱的诗词数册，可惜于渡海来台时，行囊简单，匆遽中大都未能带出，使我一生遗憾不尽。现在年事日长，许多读过的书，都不能记忆，顿觉腹笥枯竭，悔恨无已。

大学中文系夏瞿禅老师对学生读书的指点，与中学时王老师不谋而合。他也主张读书不必贪多，而要能选择，能吸收。以饮茶为喻，要每一口水里有茶香，而不是烂嚼茶叶。人生年寿有限，总要有几部最心爱的书，可以一生受用不尽。有如一个人总要有一二知己，可以托生死共患难。经他启发以后，常感读一本心爱之书，书中人会伸手与你相握，彼此莫逆于心，真有上接古人、远交海外的快乐。

最记得他引古人之言云："案头书要少，心头书要多。"此话对我警惕最多。近年来总觉案头书愈来愈多，心头书愈来愈少。这也许是忙碌的现代人同样有的感慨。爱书人总是贪多地买书，加上每日涌来的报刊，总觉时间精力不足，许多好文章错过，心中怅惘不已。

回想当年初离学校，投入社会，越发感到"书到用时方恨少"。而碌碌大半生，直忙到退休，虽已还我自由闲身，但十余年来，也未曾真正"补读生平未读书"。如今已感岁月无多，面对爆发的出版物，浩瀚的书海，只有就着自己的兴趣与有限的精力时间，严加选择了。

我倒是想起袁子才的两句诗："双目时将秋水洗，一生不受古人欺。"我想将第二句的"古"字改为"世"字。因他那时只有古书，今日出版物如此丰富，真得有一双秋水洗过的慧眼来选择了。

所谓慧眼，也非天赋，而是由于阅读经验的累积。分辨何者是不可不读之书，何者是可供浏览之书，何者是糟粕，弃之可也。如此则可以集中心力，吸取真正名著的真知灼见，拓展胸襟，培养气质，使自己成为一个快乐的读书人。

清代名士张心斋说："少年读书，如隙中窥月。中年读书，如庭中赏月。老年读书，如台上望月。"把三种不同境界，比喻得非常有情趣。隙中窥月，充满了好奇心，迫切希望领略下世界的整体景象。庭中赏月，则胸中自有尺度，与中天明月，有一份莫逆于心的知己之感。台上望月，则由入乎其中，而出乎其外，以客观的心怀，明澈的慧眼，透视人生景象。无论是赞叹，是欣赏，都是一份安详的享受了。

启蒙师

"不倒翁，翁不倒，眠汝汝即起，推汝汝不倒，我见阿翁须眉白，问翁年纪有多少。脚力好，精神好，谁人能说翁已老。"

我摇头晃脑，唱流水板似的，把这课国文背得滚瓜烂熟，十分得意。

"唔，还算过得去。"老师抬起眼皮看看我，他在高兴的时候才这样看我一眼。于是他再问我："还有常识呢？那课瓦特会背了吗?"

我愣头愣脑的，不敢说会，也不敢说不会。

"背背看吧！"老师还没光火。

我就背了："煮沸釜中水"这第一句我是会的，"化气如……如……"全忘了。

"如烟腾。"老师提醒我。"化气如烟腾，烟腾……"我呢呢唔唔地想不起下一句。

"导之入钢管。"老师又提一句。

"导之入钢管，牵引运车轮……轮……唔……谁为发明者，瓦特即其人。"我明明知道当中漏了一大截。

老师的眼皮耷拉下来了，脸渐渐变青，"啪!"那只瘦骨嶙峋的拳头一下子捶下来，正捶在我的小拇指上。我骇一跳，缩回手，在书桌下偷偷揉着。

"像锯生铁似的，再念十遍，背不出来还要念。"老师命令我。

鼻子尖下面一字儿排开十粒生胡豆，念一遍，挪一粒到右手边，念两遍，挪两粒，像小和尚念《三官经》，若不是小拇指疼得热辣辣的，早就打瞌睡了。

已经九点了，还不放我去睡觉，我背过脸去打了个哈欠，顿时计上心来：

"老师，我心口疼，我想吐。"我抚着肚子喊，妈妈时常是这样子喊着心口疼的。

"胡说八道，这么点孩子什么心口痛，你一定是偷吃了生胡豆，肚子里气胀。喏，我给你吃几粒丸药就好了。"他拉开抽屉，里面乱七八糟的，有断了头的香、点剩的蜡烛、咬过几口的红豆糕，还有翘着两根触须的大蟑螂。老师在蟑螂屎堆里捡出几粒紫色的小丸子，那是八字胡的日本仁丹，又苦又辣，跟蟑螂屎和在一起，更难闻了。我连忙抿紧了嘴说："好了，好了，这会儿已经好了。"

"偷懒，给我念完十遍，明天一早就来背给我听。"

我很快地念完了，收好书，抓起生胡豆想走。

"啪！"又是一拳头捶在桌面上，"你懂规矩不懂？"

我吓傻了，呆在那儿不敢动。

"拜佛，你忘啦！还有，向老师鞠躬。"

我连忙跪在佛堂前的蒲团上拜了三拜，站起来又对老师鞠了个九十度的躬，说声："老师，明天见。"

生胡豆捏在手心，眼中噙着泪水，可是我还是边走边把胡豆塞在嘴里嚼，有点子咸滋滋的酸味。阿荣伯说的，汗酸是补的。

我回到楼上，将小拇指伸给妈看（其实早已不痛了），倒在她怀里撒开地哭。

"妈，我不要这么凶的老师，给我换一个嘛！"

"老师哪能随便换的，他是你爸爸的学生，肚才很通，你爸爸说他会作诗。"

"什么肚才通不通，萝卜丝，细粉丝，我才不要哩！"

"不许胡说，对老师要恭敬，你爸爸特地请他来教你，要把你教成个才女。"

"我不要当才女，你不是说过的吗？女子无才便是德。"

"傻丫头，那是我们那个时代的话，如今是文明世界了，女孩子也要把书念通了。像你妈这样，没念多少书，这些年连记账都要劳你小叔的驾，还得看他高兴。"

"记账有什么难的？肉一斤，豆芽菜一斤，我全会。"

"算了吧，真要你记，你就咬着笔杆一个字都写不出来了。你四叔写的，老师还说他有好几个别字呢！"

"四叔背不出来，老师拿茶杯垫子砸他，眉毛骨那儿肿起一个大包。四叔说吃斋念佛的人竟会这么凶，四叔恨死他了。"

"不要恨老师。小春，老师教你、打你，都是要你好，吃得苦中苦，方为人上人。别像你妈似的，这一辈子活受罪。"妈叹了一口长气。

我知道妈的大堆牢骚快来了，就连忙蒙上被子睡觉，可是心里倒也立志要好好念书，将来要做大学毕业生，在祠堂里分六只馒头（族里的规矩，初中毕业分得一对馒头，高中、大学依次递加一对），好替妈争口气，免得爸爸总说妈没大学问，才又讨个有学问的外路人，连哥哥一起带到北平去了。爸说男孩子更重要，要由她好好管教。我就不懂爸会把儿子派给一个不是生他的亲娘去管教，她会疼他吗？还有，哥哥会服她吗？叫我就不会，她要我望东，我就偏偏翘起鼻子望西，气死她。

妈叫我恭敬老师，我是很恭敬他的。从那一次小拇指被捶了一拳以后，我总是好好地写字念书。作文和日记常常都打甲上，满是红圈圈。下课的时候，我一定记得跪在蒲团上叩三个头，再向老师毕恭毕敬地行鞠躬礼，然后倒退着跨出书房门。没走出两丈以外，连喷嚏都不敢打一个，因此我没有像四叔那样挨过揍。老师对我虽然也一样绷着脸，我却看得出来他心里还是疼我的，因为他每天都把如来佛前面的一杯净水端给我喝，说我下巴太削，恐怕将来福分薄，要我多念经，多喝净水，保佑我长生、聪明。他就没把净水给四叔喝过，这也是四叔恨他的原因，他说吃斋的人不当偏心。其实四叔在乡村小学念书，只晚上跟他温习功课，不是老师的正式学生。老师的全副精神都在教导我，我是他独一无二的得意女弟子。

老师的三餐饭都在书房里吃，两菜一汤，都是素的。每次都先在佛前上供，然后才吃。有一次，阿荣伯给他端来一碗红豆汤，他念声阿弥陀佛，抿紧了嘴只喝汤，一粒豆子都不进口。我不明白咽下一粒豆子会出什么乱子，悄悄地问阿荣伯。阿荣伯说老师在十岁时就有一个和尚劝他出家，他爸妈舍不得，只替他在佛前许了心愿，从此吃长斋，一个月里有六天过午不食，只能喝米汤。

我看老师剃着光头，长长的寿眉，倒是有点罗汉相。我把这话告诉四叔，四叔说："糟老头子，快当和尚去吧！"其实老师并不老，他才四十光景，只是一年到头穿一件蓝布大褂。再热的天，他都不脱，书房里因此总冒着一股子汗酸气味。

"妨碍公共卫生。"四叔的头摇得像拨浪鼓似的，他指着墙壁缝里插着的一个个小纸包说，"你看他，跳蚤都不摞死，就这么包起来塞在墙缝里。跳蚤不一样要饿死吗？真是自欺欺人。"

老师刚从门外走进来，四叔的话全被听见了。四叔已来不及溜。老师举起门背后的鸡毛掸子一下子就抽在他手背上，手背上起一条红杠。

"跪下来。"他喝道。

四叔乖乖地跪下来，我吓得直打哆嗦。老师转向我："你也坐着不许走，罚写大字三张。"

我摊开九宫格，心里气不过，不临九成宫的帖，只在纸上写"大小上下人手足刀尺……"一口气就涂完了三张，像八脚蛇在纸上爬。

老师走过来，一句不说，把三张字哗哗地全撕了，厉声说："重写，临帖再写五张，要提大小腕。"

他把一个小小银珠盒放在我手腕背上，我的手只有平平地移动，稍一倾斜，银珠盒滑下来了。我还得握紧笔杆，提防老师从后面伸手一抽，笔被抽起来，就是字写得没力气，又须重写。我的眼泪一滴滴落在纸上，把写好的字全洇开了，都是四叔害的。

上夜课时，老师把我写的五张字拿出来，原来满纸都打了红圈圈，他以从未有过的温和口气对我说："你要肯用心临帖，字是写得好的，你看这几个字，写得力透纸背。"

四叔斜眼望望我瘪了一下嘴，显得很不服气的样子。我自己也莫名其妙，我原是一面哭一面写的，居然还写得"力透纸背"。

"老师，您教我写对联好吗？"我得意起来了。

"还早呢！慢慢来。"

"我会背对联：'天半朱霞，云中白鹤；河边青雀，陌上紫骝'。"这是花厅前柱子上的一副对子，四叔教我认，我完全不懂意思。

老师非常高兴，说："好，我就教你诗与古文。"

刚刚读完小学国文第四册，第五册开始就是古文。老师教我读《师说》。"古之学者必有师"，他一个字一个字地讲解给我听，我却要打瞌睡了。我说："我也要像四叔似的读《黄柑竹篓记》（后来才知道是《黄冈竹楼记》）。"老师说："慢慢来，古文多得很，教过的都得会背。"

我也学四叔那样，摇头晃脑背得琅琅响。我还背诗，第一首是："一去二三里，烟村四五家。亭台六七座，八九十枝花。"这太容易。

渐渐地，我背了好多古文与诗。我已经学作文言的作文了，《说蚁》是我的得意之作："夫蚁者，营合群生活之昆虫也，性好斗……"

老师一天比一天喜欢我，我也不那么怕他了。下课时不再像以前那样倒退着走，一跨出书房门，我就连蹦带跳起来，可是跳得太高了，老师就会喊：

"小春，女孩子走路不要三脚跳，《女论语》上怎么说的？"

"笑莫露齿，立莫摇裙。"我一个字一个字地背。

"对啦，说话走路都要斯斯文文的，记住哟！"

老师教我的，我都一一记住了，不管是不是太古板。因为爸爸不在家，他就像我爸爸似的管教我。我虽怕他，也爱他。

可是爸爸从北平回来，带我去杭州考取了中学，老师就不再在我家了。

临去那天，他脖子下面挂了串长长的念佛珠，身上仍旧是那件蓝布大褂。他合着双手，把我瘦弱的手放在他的手掌心里，无限慈爱也无限忧伤地对我说："进了洋学堂，可也别忘了温习古文，习大字，还有，别忘了念佛。"

我哽咽着，说不出话来。考取中学固然使我兴奋，但因此离开了十年来教导我的老师，是我原来所意想不到的。

脚夫替他挑着行李，他步行着走向火车站。我一路牵着他的手，送他上火车。他的蓝布大褂在风中飘呀飘的，闲云野鹤似的，不知飘到哪儿去了。

我的另一半

俗语说："少年夫妻老来伴。"又说："不是冤家不聚头。"中年以后，和"冤家"厮守在一起，彼此欣赏着对方的优点和缺点，这份乐趣，也许更有胜于"含饴弄孙"呢！

我的那一半，自然是优点多于缺点。即使是缺点，在他自己看来，也都是优点——男子汉的通性，大丈夫的气度，所以做妻子的也没有不欣赏的自由。

他的特色太多了，我先说哪一样呢？对了，慢动作。他的慢动作是他的服务机关全体同仁都知道的。下班时，四个人合坐一辆计程车，总是三缺一，总得等他。他慢条斯理地整理公文，慢条斯理地分别收进抽屉或铁柜，锁上了，拉几下，再拉几下才放心。然后慢条斯理地走到电梯口，电梯太挤宁可走下去，为了安全。等得大门口的三个人直叹气，说他是"老虎追来了，还得回头看看是公的还是母的"，真沉得住气。就因为他这样慢，做事倒真的很少出错。他说："忙中不一定有错，快中才有错呢！"也不无道理。再说候计程车吧，也总得挑选：车子太旧的不坐，不干净；司机太年轻的不坐，因为年轻人喜欢开快车，不安全；嘴里叼着烟卷的不坐，烟和烟灰喷向后座受不了；竖眉瞪眼的不坐，免得怄气。非得选一辆八成新以上的车辆，司机中年以上，看去慈眉善目的，他才肯举手招呼他停下来。真难为那三位伙伴，得付出多大的耐心陪他等。但他们尽管嫌他太慢，却也不和他拆伙。因为车钱由他管，每月结账一次。哪一个少坐几次，哪一个带朋友补空缺，他都记得一清二楚。车钱三一三十一，四二添作五，公平合理，因为，他本身干的就是一丝不苟的会计工作。

因为他是会计人员，他也把公事房的那套记账方式搬到家里来，教我于日常家用记分类账。列出菜金、交通、娱乐、交际、医药等项目专栏，叫我于花钱后分别记入，于月底结算时，可以看出家用支配是否合理，是否有哪一项超出预算。刚开始我大感兴趣，认为这真是最好的家庭计划经济。可是记了一阵子，就感到分类太细太繁复而且许多支出搅和在一起，很难分类。比如说坐计程车去西门町看电影，车钱属于交通费，票钱属于娱乐费，应该记入哪一项目之下呢？如果请朋友一同看，那么应该归入交际费呢，还是娱乐费呢？再比如坐计程车看病，花的钱也得分别记入交通费与医药费两项之下，记得我五心烦躁。当家庭主妇又不是公务员，何必如此一笔一画认真呢！有时太忙忘了记，两三天后再来回忆记倒账，记着记着，就变成一片糊涂账。每项结算下来，收支结存都对不起来，我说："对不起来的数目，就算它'呆账'好了。"他哈哈大笑说："怎么叫呆账呢？付出去收不回的钱才叫呆账。"我说："我们用出去的钱难道还收得回来吗？"他摇摇头叹口气说："没办法，你会计学根底太差了，连基本的常识都没有，不可教也。"一副老师架子，真叫人不服气，想想他这把牛刀，何必捧到家里来杀鸡呢？于是我在账簿上写了几句打油诗："进钱以左手，出之以右手，左手不如右手顺，钱如流水非我有。"记账之事，就此告一结束。

岂止是这一件事。在日常生活上，你只要一向他请教什么，他那高山仰止的老师威严就出现了。你若是问他去某某地方怎么走，搭什么车，他先不开腔，从书架上取出花花绿绿的台北市地图，打开来在上面指指点点："你来看嘛，搭这路车，到这里下车就朝东再转南，不要向北走。"我哪分得清东西南北，我只会左右转、前后转。跟我说东南西北，我就成了迷途的羔羊。我尤其不喜欢看地图，在中学时，我的地理常常只有六十分。现在还要拿放大镜在地图上转，更叫我头晕眼花了。他生气了："你这人怎么这样笨嘛，算了算了，你就坐辆计程车多省事。"偏偏我是个不喜欢坐计程车的人，一年到头，不分春夏秋冬，不论天晴下雨，总是一把伞，一双平底皮鞋，三种不同的公车回程票，就跑遍天下。可是他说："你的时间都等车等掉了，你知道吗？时间就是金钱，你知道吗？"我怎么不知道，就因为他喜欢搭计程车，花钱太多，我就偏偏搭公车，把他花出去的车钱省回来。他又喟然叹息道："你真是固执得跟自己过不去。我呢，宁可钱吃亏，不可人吃亏。"

问路的事还不说，最使他发挥权威的是关于各种机器的用法。当我们刚买冷气机时，问他先开哪个钮子，他不耐烦地说："自己看嘛，边上不是有字写得清清楚楚的吗？"我偏偏懒得看，于是他来说了。中文里夹英文单词，好像出国多年，刚回来的样子，幸亏他的四川英文，我已听习惯了。他指着钮子说："这是苦儿（Cool），那是我磨（Warm），这是阿富（off），那是阿翁（on）。最要紧是开的次序，一定要先按反衡（Fan）才按苦儿，再按苦尔德（Cold），机器才不容易坏。"太复杂了，我宁可热点，每天等他下班回来才由他按钮子。还有教拍照，他更神气了，说我头脑简单，距离、光圈、速度等等一概搞不清，索性不必管。每回我要借用他的照相机，他就把各点都固定起来，只叫我对黄点点里，两个鼻子合成一个了就按钮子。前年我访美时，临行前夕他才把全部原理匆匆说了一遍，我哪有心思听。在芝加哥时，相机故障了，拿到店里请教一位店员，他详细给我讲解一遍，我才恍然大悟，拍出照来非常艺术。寄给他，他写信夸我"困而后学，孺子可教"。轮到他自己为人拍照，那就学问大了。让你站在大太阳里，晒得鼻子冒油，笑容在嘴角都僵了，还没拍。催他快点，他说是为了构图、布局、层次……功夫好深。可是拍出来的照，常常是一棵树长在头顶上，或是天地玄黄，朦胧一片。不知有什么构图，什么层次。可是无论如何，拍照总是他的嗜好，一项最正当的娱乐。

他还有一样嗜好，就是躺在沙发上，跷起二郎腿看书报杂志。（这一点，我想所有的先生都差不多。）在这时，天塌下来也没他的事。跟他说什么也听不见，给他端一杯牛奶，倒知道往嘴边送。问他："够不够甜？"点点头。"要不要加点阿华田？"再点点头。"加了会太甜吧？"却又摇摇头。我火了，大声问："你到底要不要加吗？"他还是点点头。他就这么保养元气，不开金口。我气不过，有时就故意不给他拿吃的，他饿慌了也会问："有什么填肚子的吗？"

"自己做的南瓜糕好吗？""不要土点心。""给你买椰子饼好不好？""好。"他虽然百分之百崇尚中国文化，点心却爱吃洋的。水果喜欢吃苹果，甚至二十世纪梨。他认为贵的东西一定是好的，所以在台湾，他喜欢吃苹果，到了日本，他又想吃香蕉，反正跟钱过不去。

我倒不是舍不得钱，是他那百分之百的自我中心让人受不了。起居饮食上，他的习惯一成不变，叫我不要勉强他吃不爱吃的东西，做不爱做的事，我都无所谓，可是和他商量家务，他也是"板门店谈判"，充分发挥了权威。"这种小事，你不必操心，听我的没错。""大事情呢，当然由我决定。"我还有什么主意好拿？即使有主意，要他接纳也是千难万难。"你难道不知道我的血型是O型吗？遇事考虑周详，一经决定，择善固执，由我来做决定，也是给你分劳呀！"这是他的理论。

倒是有一件事对我帮忙最多，就是替我找东西。我的急性子加上健忘，日常用物常常不知去向。他就问我前一分钟在干什么，后一分钟又到了哪间屋子，如此卷地毯式地追踪，一下子，就被他发现了。他也有心帮我做家务。星期天一早起来，他一定说："今天我有一件大事要做，就是帮你拖地。"如是者起码要念上三遍，念到第三遍时，我的地已经拖干净了。他就说："你何必这么性急呢？搁着我自然会做的。"可是这一搁可能好几天，我看不来满屋的灰尘。"看不来你就只好做，我是看得来的。"他说。这就是他的修养功夫。

数落了他半天，仔细想想，尽管他在家既懒又笨拙，在办公室却是个标准公务员。他说："两点之间，只有直线才是最短的线。一切根据法令，就是最简单的直线。"就因为他能把握这大原则，所以一切的缺点也都成了优点。在我心中，他确实是位"品学兼优"的好丈夫。

"三如堂"主人

　　外子"留"美已三年了。古语说，凡事三年有成。可是对他的学英语来说，莫说三年，便是三十年，也是学成无日。原因很简单，根据他自己说的："肚子里都明白，就是开不了口，茶壶里煮汤圆，倒不出来，没办法。"我认为茶壶还有张会吐蒸气的嘴，他却是"守口如瓶"。

　　你以为他对学英语没兴趣吗？恰巧相反，兴趣浓厚得很。在台北时，每天一大早起床，就手提小收音机，扭开英语教学节目，边听边梳洗边进早餐，跟他说什么都摇摇手叫别吵他。我也只好扭开自己的收音机，听我自己的节目，两个人像是拒绝往来户，不再交谈。来美以前，他更是加紧恶补，听教学节目之外，再听《英语九百句》录音。

我劝他："你只是听，不练习说也不行，应当跟着念呀！"他有他的道理："你放心，到了美国，说的机会有的是。现在第一步先把听力训练好。第二步再学说。如果听不懂，根本就无从回答。"我又坚持听与说是双行道，不能分第一步与第二步。他就烦了："你别噜苏，各人的习惯不同，我做事就是一步步来的，先学听，后学说。何况面对洋人，你没有不听的自由，说不来的，你可以少开口呀！"原来他到美国，就打算以少开口为原则。

　　前年我来时，他嘱咐我将英语教学节目精彩的部分录了音，连同教材一起带来，以便有空时再听。我觉得他投入这个英语世界中，还要听从台北带来的录音，实在有点可笑，倒没想到每次把录音一放，就有身在台北的温馨之感。而且教师的精细讲解，也不像听收音机或看电视那样的快节奏，令人应接不暇。所以起初我也跟着听，渐渐地，我迷上电视的几种节目，就再也无心听录音了。可是坚守原则，贯彻始终的他，仍旧捧着录音机不放，尤其是《九百句》，一课课听了一遍又一遍。那种单调的声音，一个个孤立的句子，对我来说，简直是疲劳轰炸。在台北房间多点，我可以躲开；在这里，就没有不听的自由。我问他："你不是说来了美国，就练习说话吗？怎么还老是《九百句》？像你这样总不开口，莫说九百句，九千句九万句又有什么用？"我真有点气急败坏，他却心平气和地说："嘿嘿，你是没用心听，体会不出其中妙用来。你要知道，这是美国专家为了教外国人学英语，精心研究出来的句型。学会了，就可变化无穷。你别看我不开口，心里已经茅塞大开，等我研究通了，将来对英文写作与翻译都大有帮助。"看来那是他的第三步计划了。我讥讽他："古人半部《论语》治天下，你的半部《九百句》就可跑天下了。"他点点头，认为虽不中，不远矣。

我还是苦苦劝他，不妨也看下电视的单元剧或电影长片，可以学点日常用语。他连连说："不要不要，我哪有时间？电视就只看新闻和体育节目，那些肥皂剧之类，里面都是妇孺之辈的家常话，对我大男人有什么用？"他的固执，看来真是刀枪不入呢。

他办公室里也有几位美国同事。有一阵子，他的办公桌还和一位美国人的紧靠在一起，面对面而坐。我想这下他非开口不可了。谁知他告诉我，他们的业务并无密切关系，每天除了说个"早"、"你好"、"再见"或"谢谢"之外，似乎没有说话的必要。原来竟是"盈盈一水间，脉脉不得语"，开口说英语，对他乃有如此之难。我建议他，在喝咖啡休息的时间，总可和他们聊聊吧。他说："休息就是为了轻松一下脑筋，还要英文造句，不是太累啦！"我的天，随便聊天，造什么句呢？他说："不行不行，我就是马虎不来，每句话都要想得完完整整才肯说出来，太费事了。"反正他是个坚守"多说多错，少说少错，不说不错"的"慎言君子"。拿他没办法。

傍晚散步时，遇到洋人邻居，彼此友善地打个招呼，他们都喜欢停下来和你聊聊，谈谈小动物，谈谈修剪花木，但总是我一个人在尽量应对，他站在一旁，只做颔首微笑状。邻居不免问："你先生说英语吗？"我只好回答："他只是听，不大说。不过他的日文很好。"邻居立刻赞美一声Wonderful。走了几步他生气地说："你干吗说我日文很好？我明明是英文比日文好。"我说："好有何用？你不开口嘛。不如说你日文不错，反正他们不会跟你说日文。"他忽然笑起来说："奇怪，我一打算开口，马上会想到人称、时态、单复数等文法上的问题，赶紧造句已经来不及了。"我说："你呀，真被文法害了，老是主词、动词、受词、现在进行式、过去完成式。等你把句子造好，那个当受词的邻居，早已跑得老远。'现在进行式'变成'过去完成式'了。"他自己也越想越好笑，我真不能不佩服他的守"法"精神。（在台北家中，他所搜集的英文文法书有十余种之多，翻译时，一本本打开，做比较研究，然后才译出一句自认为最合本国语意学的句子。）

我们一同外出时，如果迷了路，我硬是要他问，他硬是不问，宁可自己查地图。我一见地图就"眼花缭乱"，远远站开等他研究明白，到头来还是热心的过路人自动来给他指点一番。他洗耳恭听之后，往往发表感想说："其实问路、指路等的句型，我的《英语九百句》上都有，他刚才说的，我都耳熟能详。如果不是我平时用心听《九百句》，现在也不见得能听懂。可见得练习听力还是很重要的。"归根结底，他一辈子只打算当个听众。

　　我仔细研究他之所以如此"难于启口"，一半是求全之心太切，一半由于他的四川乡音太重。平时说国语，他都"四"、"十"不分，"录"、"律"不分，把人家大律师变成了小录事。念起英文来，他是 l，n 不分，s，th 不分，把 North 说成 Loss。问路时，东南西北怎么搞得清？真个是"天不怕，地不怕，就怕四川人说番话"。我劝他既然如此注意文法，也应当注意研究发音嘛。他振振有词地说："发音有什么重要？美国种族这样复杂，口音这么多种，哪有什么标准音？你没听那个洗衣店意大利老板娘说的是什么英语吗？据说纽约市就有三十万人不会说英语，唐人街的广东华侨一生不说一句英语的有的是，他们不是都活下来了。你放心，我只要能听就行了。"我再也想不出理由说服他了。

发音是否重要，他的观念在最近才有了转变。几周前，我们去加拿大旅行，在一个小餐馆里，因又渴又饿，就由他先要两客牛奶，但递给他的却是两杯啤酒。我问他怎么要了啤酒。他说："没有呀，我叫的是牛奶。"只好请他再换牛奶。坐定以后，他自言自语地说："奇怪，我明明叫的牛奶，他怎么会听成啤酒呢？这情形已不止一次。上回我一个人在芝加哥机场候机回纽约，到小吃店里叫牛奶，也给我一杯啤酒。牛奶和啤酒，会有什么关联吗？"我说："你倒念一下'牛奶'这个词看。"他放低嗓音，抿起嘴唇念："弥尔——克。"我恍然大悟："怪不得，你把l的短音念为e的长音，那个k又跑得老远，他就听成Beer了。"他问："那么l的短音应当怎么念呢？"说老实话，我的读音又何尝标准，想了半天，想出个土法来："你就记住小猫爱喝牛奶，小猫叫起来咪咪咪，你就尖起嗓子念咪尔克，他们一定懂。"他大笑，却觉得这方法不错。昨天晚上，他看电视新闻，我在厨房做饭，出来看到画面上正是疮痍满目，问是什么事，听他说："Toronto，飓风。"把我骇一跳，多伦多有飓风，我们加拿大的好朋友不就在多伦多吗？他才说："不是呀，我念的是'飓风'那个英文词。"原来他说的是Tornado，和多伦多太不相干了，却害得我虚惊一场。

这两次有趣的错误，使他似乎有意在读音上下点功夫，所谓下功夫，还是用心听《九百句》的标准音。

平心而论，他研读英文锲而不舍的精神，我是非常钦佩的，只是觉得在方法上太呆板。他却认为，自古以来，"做学问"就当呆板地守原则，按部就班，绝无捷径可走。他讥讽我在电视剧或超级市场，捡些"肥皂会话"与"超级英语"，无非是些鸡零狗碎的破句子。一到正式场合，就感到不够应付，莫说提笔翻译与练习英文写作了。他的话一点不错，我确实感到如此。我自知不是做学问的料，对任何事都不肯下苦功。学英文早已放弃了。不过看他兴趣这么高，在读与写方面，进步神速，听力之强，更不在话下。而"留学"三年，一直做个没嘴的葫芦，岂不可惜。

事实上，我也不用替他担心，因为不久以后，我们就将回去，回到不必卷起舌头说话的自己的国土了。一想起回台湾，他也大感轻松，忽然开起腔来："East and waste (west), home is the baste (best)." 好为人师的我，又忍不住纠正他："错了，是e的短音，不是a的长音。"他不屑地说："你别得意你中学时代学的韦氏音标，现在早就过时啦！"

想想他的"德行"，真是"美"不胜收。不由得综合起来，赠他颂歌一首，押韵与否，在所不计了。

彬彬君子，守口如瓶。（不开口说英语。）

家书半纸，惜墨如金。（最懒写家信。）

乡音不改，吾土吾民。（他四川口音重，是君子不忘本。）

慢车高路，如履薄冰。（在高速公路上开慢车，常被按喇叭。）

平生圭臬，昔时贤文。（幼年时所背诵《增广昔时贤文》念念不忘。）

彬彬君子，与我同行。

将打油诗递给他审核一番。他倒是大君子虚怀若谷，点点头说："很对，我这人就是这样。旁人指正我的缺点，绝对接受，可说是'从善如流'。"

真是巧极了，"守口如瓶"、"惜墨如金"，再加上"从善如流"，我乃恭恭敬敬向他一鞠躬，称他一声："三如堂主人"。

儿子的哲学

　　我儿子小时候虽然傻里傻气，却说了好多至理名言。比如说，他爸爸问他："头发是干什么用的？"他很快地回答说："头发是理发用的。"听起来好像倒果为因，仔细想想也有道理。试看今日满街长发少年郎，无论横看侧看，正面看背后看，都有点难辨巾帼须眉。他们大概就是忘了头发之所以会长长，就是供你修剪用的，而不是供你骑在摩托车上，"散发天风独往还"的。至于女士们，有的是因为忙碌，没有时间整理头发，有的是为了发型的千变万化，也有的是为了免进美容院，就购置了各式各样的假发，往头上一套，马上仪态万千，真发也就失去被修剪的作用了。

现在儿子长大了，他已知道头发不是为理发用的，所以也把一头"秀发"留得长长的，发挥它美化人生的作用。

他小时还发过另一句千真万确的谬论。他说："爸爸是看报用的，妈妈是做饭用的。"观察不为不深刻。试问哪个家庭中的父亲，回得家来，不是跷起二郎腿看报，从头条新闻看到分类广告？哪个母亲，不是在厨房洗洗刷刷，烧菜做饭，从早忙到晚？如今高唱女权运动，如果有一天，儿子说的现象倒了过来，"妈妈是看报用的，爸爸是做饭用的"，不知道每个家庭是否仍能井井有条，社会各阶层的工作职责又是如何分配。"女人背后的男人"是否也会有牢骚？十年水流东，十年水流西，这个世界本来多变，不整个变一下，又如何能比较什么现象才是最合理的呢？

有一次，父亲问儿子："古话说：'前三十年子敬父，后三十年父敬子。'你懂吗？"儿子回答说："懂是懂，不过说'敬'太严肃。不及西方人讲'爱'，显得亲切多了。所以，我认为应当把'敬'字改为'爱'字，这两句话就变成'前三十年子爱父，后三十年父爱子'，比较地适合潮流。"

做父亲的叹了口气说："这句话对你们做子女的很适

合，你们在成家立业之前，确实是很‘爱’父母的。可是，在我们做父母的来说，对子女的爱，是从他们呱呱坠地而迄于永远的，还会有前后三十年之分吗?"

儿子听了默然点头表示赞成。无论如何，他现在还在前三十年之中，敬也好，爱也好，他总算都做到了。

浮生小记

笔　筒

好几位朋友不约而同地送我笔筒，每一只都各有特色。我把它们一字排开在书桌上，慢慢儿欣赏。

可惜的是我已砚田久废，不写毛笔字了。这么雅致的笔筒，插的都是一大把圆珠笔和铅笔，自己看了都惭愧，深感辜负了好友赠予的美意。

偏偏老伴又说："看你吧！笔筒比笔多，笔比文章多，文章比读者多。"

听他这话，我真该停笔了吧！

函　购

　　每天总会在信箱里抓出大把的垃圾邮件，全是商品推销广告。偶然得闲打开看看，那些服装的色调款式，穿在仪态万方的模特儿身上，看去确实让你动心而引起购买欲。尤其以我这个不会开车的人，能够足不出户而以函购方式，买到一袋价廉物美的服装，又何乐而不为。何况广告上说的，可以免费试穿两周，不合意原件退回，不收分文，一点也不会吃亏。

　　于是我就选择了自己喜爱的式样、颜色，填上尺寸号码寄去，盼望他寄来，一穿就合身。左等右等，却寄来一纸通知，要我先寄支票去。我想好在钱也不多，就把支票寄去了。一周后寄来了货品，兴冲冲打开一看，竟不是我指定的颜色，勉强试穿又不合身。老伴说："洋人的尺寸对你根本不适合，你应该买童装呀！"我一气之下，原件退回，要他立刻退还支票。谁知他并不退还支票，却又寄来一套较小的尺码，不同的式样，附了一封很客气的信说："同样的款式没有了，希望这一套你会喜欢。"我已没有兴趣，也没有体力再跑邮局，再花挂号费寄回了，只好把它留下，压在箱底，等耶诞节捐给救世军吧。

老伴说："早告诉你，便宜无好货，你不相信。"我说："我不是贪便宜，我是想省点时间精力，哪知反而上当。"他说："商人为了撇清陈货，引诱你购买，当然是好话说尽，等钱到了手，哪有退还之理？好了，上一次当学一次乖，何况上当有个货在。"

我真是学了一次乖，永不再相信商人的推销术了。俗语说："只有你买错，哪有他卖错。"这才是"便宜就是吃亏"呢！

惊魂当此际

有一天，我们有事去纽约，车已将到目的地了。我忽然想起炉子上烧着开水，用的又是大火，这么长时间，必定是水烧干了，壶烧熔了，掉在地上，酿成大灾。这怎么办？我愈想愈惊慌，他一言不发，沉着脸，踩足油门，以最快速度飞车赶回。一路上我真是失魂落魄，度秒如年，恨死了自己的健忘症。

好容易到达社区，远看四周静悄悄的，车道上并没有救火车停留，大概还没出事吧！我下车飞奔入屋，跨进厨房，却并没有预料的一股热气扑来。再一看炉子上，静静地坐着那把叫壶，壶嘴盖子都未关上，竟是满满的一壶冷水。原来我把它放上炉子，却忘了扭开火。

真是谢天谢地，向来健忘总是误事，这一次却因健忘得保平安。

夜游夫妻

在一位老乡朋友家小聚，她厨房地板上出现一条浑身软绵绵的小虫，老乡说他们家乡称这种虫为"夜游"，都在夜晚出来觅食，而且必定是成双成对的，出现一条，必定会有另一条紧紧跟随。她吩咐孩子们不要加以践踏，让它静静地等待它的伴侣。可是她儿子不知道这种情形，就抓了一把盐撒在它身上，不久它就化为一摊黄水了。原来盐是"夜游"的克星，看起来实在是非常悲惨的。更悲惨的是，过不多久，果然出现另一条"夜游"，蜷伏在那摊黄水旁边，头紧紧碰着那只剩下一点点的颤抖着的虫子顶端，似在泣诉着生离死别的哀痛，原来它们真是一对同生共死的"夜游夫妻"啊！

父母之爱

晚间，在电视上看见一对非常美丽的鸳鸯鱼，边上围绕着一群小鱼，嬉戏游乐，看去必然是其乐融融的一个家族。忽然一条凶猛的大鱼来袭击了，那条较大的公鱼就奋不顾身地去迎敌，令人惊奇的是母鱼竟张开嘴巴把小鱼统统吸入口中，又张开两鳃给它的子女通空气。待公鱼将敌人击退以后，它马上又把小鱼一条条吐出来。懵懵懂懂的小鱼，一点也不知道它们的父母为它们挡过一场大灾难呢。

这一幕情景，看得我目瞪口呆。谁能说低等动物的虫鱼没有灵性呢？它们并不冷血，它们有夫妻之情，有亲子之爱。为了保护子女，它们的勇敢与机智并不亚于人类呢！

揠苗助长

朋友送给我们一盆非洲堇，塑胶盆底没有漏水孔。这样的钵子养花一定不能长久，因为泥土太湿，根会烂掉。这根本是花店骗钱的玩意儿，供你摆上一周半月，也就值回票价了。但因叶子姿态好，我就格外地小心伺候，把它摆在有充分阳光却不是直射的地方。每次用手指插入泥土中，感觉很干了才敢加少许的水，却绝对不能在叶子上洒水，叶子一碰到水马上会烂掉。

因为我招呼得法，这株非洲堇居然欣欣向荣，叶子愈长愈壮，四面八方张得大大的、圆圆的，煞是可爱。不久团团的叶子正中央，长出一根紫色的苗，渐渐地一枝又一枝分岔开来，上面全是花苞。我真是喜出望外，就在水中加几滴营养液，小心翼翼地从盆子四周平均浇下去。一两天以后，花苞一齐开放，是紫色的花，黄色的花蕊，散发出一缕清香，叶子上有着细细的绒毛，亮晶晶的就跟缎子一般。花一簇又一簇愈开愈茂盛，花叶交辉，实在是美丽极了。这是我所养的室内植物中，唯一开出花来的盆栽，所以格外使我高兴。另一株昙花养了将近四年，枝叶繁茂无比，却就是不开花，就称它是哑巴花。如今有了会说话的非洲堇与它做伴，哑巴花该不致寂寞了。

我总是担心草本的花木生命不会长，尤其是养在塑胶盆中，很想给它换下盆子，又怕它正在开花之时，移动一下会影响它的"心情"。所以仍只是每周一次浇水，使它的泥土干湿适度，它就一直欣欣向荣地开花。开了两个多月的花不谢，而且叶子愈长愈大，离泥土也愈来愈高。那一副茁壮的神情，看了真使人欣喜万分。

很久以后，有几朵花儿逐渐开始萎谢了。我想使其他的花朵能多多保持营养，就用剪子小心地把残花剪去，免得它费力挣扎。没想到一剪下去，花梗上立刻溢出一滴清露。我心里好不忍，但已无法补救。第二天一看，被剪去残花四周的花朵，竟全部萎谢了。才知道它们原是同气连

174

枝，即使是其中的一朵提前萎谢，它的元气，它的营养，仍然会传递给其他的姊妹花朵的。我这个急性子却是剪断花枝，摧残了它的生机。我是多么的后悔啊！

以后，我再也不敢冒失地去碰它，只小心呵护，让花儿自然萎谢。不久忽发现其中有一朵的花心，结出一颗绿色的珠子来，我又喜出望外。这颗圆润的珠子，是否就是传递下一代的种子呢？我想一定是的，我且静静地等待吧！

三十年点滴念师恩

八十七高龄的恩师夏承焘教授在北京仙逝已逾半年，到今天我才为文追念。实由于前尘似梦，思绪如麻，竟然整理不出一个头绪来。如今只能琐琐屑屑地追叙，也只好任行文凌乱无章了。

与恩师阔别将四十年，我也曾写过几篇怀念他的文字，但总觉师生之间，有一份天人永隔的怅恨。近年来这份怅恨愈来愈浓重。当恩师逝世的消息传来时，我却木木然的，并不觉得怎样悲伤。难道真是"老去渐见心似石，存亡生死不关情"了吗？

在天之涯的一位同窗来信说：恩师于近六七年来，记忆力日渐衰退。一九八二年他去拜谒，恩师频频问他："你尊姓？你是从何处来的？"这位弟子感到很悲伤。但我仔细想想，一位历经浩劫的学人，阅尽人间沧桑，也贡献了一生的学问精力，最后失去记忆，浑然忘我，未始非福。我对恩师既早有天人永隔的感觉，如今确知今生不能再相见，纵然能再相见也不能再相识，岂不正如我当年悼念启蒙师一文中所说的，"不见是见，见亦无见"啊！

恩师的道德文章，与他在词学上不朽的贡献，海内外已有多篇文章报道，毋庸我赘述。在我记忆中浮现的，都是在杭州、上海求学时代，他对弟子们传道授业的点点滴滴，与师生间平日相处言笑晏晏的情景。卒业后恩师曾嘱写《沪上朋游之乐》一文，而以战乱流离，未能动笔。抗战胜利回到杭州，重谒恩师于西子湖头。他问我此文已脱稿否，我却惭愧地交了白卷。他轻喟一声说："当时只道是寻常，你还是应当写的。"我愧悔自己，总是等闲错过了许多值得怀念的时光。但深幸国土重光，正以为来日方长，《沪上欢聚》一文，定可缓缓写就以报恩师。却以生事劳人，又是迟迟未遑执笔。讵料局势剧变，1949年匆匆渡海到了台湾，与恩师一别竟成永诀。如今即使写了，又何能呈阅恩师之前呢？

我进之江大学，完全是遵从先父之命，要我追随这位他一生心仪的青年学者与词人。我上他《文心雕龙》第一堂课时，却只是满心的好奇。他一袭青衫，潇潇洒洒地走进课堂，笑容满面地说："今天我们上第一节课，先聊聊天。你们喜欢之江大学吗？"那时同学们彼此之间都还不熟悉，女孩子更胆怯，只低声说"喜欢"。他说："要大声地说喜欢。我就非常喜欢之江大学。这儿人情款切，学风淳厚，风景幽美。之江是最好的读书环境。一面是秦望山，一面是西湖、钱塘江。据说之江风景占世界所有大学第四位。希望你们用功读书，将来使之江的学术地位也能升到世界第四位甚至更高。"

他一口字正腔圆的永嘉官话，同学听来也许有点特别，我却非常熟悉，因为父亲说的正是同样的"官话"。尤其是他把"江"与"山"念成同一个韵，给我印象十分深刻。接着他讲解作者刘彦和写《文心雕龙》的宗旨，并特别强调四六骈文音调之美，组合之严密，便于吟诵，易于记忆，然后用铿锵的乡音，朗吟了一段《神思篇》，问我们："好听吗？"我觉得那么多典故的深奥句子，经他抑扬顿挫地一朗吟，似乎比自己苦啃时容易得多了。下课以后，我与一位最要好的同学一路走向图书馆，一路学着老师的调子唱"形在江海之上，心存魏阙之下"，又学着他的口音念"前面有钱塘江，后面有秦望山"。却没想到老师正走在我们后面。他笑嘻嘻地说："多好呀？在厥（这）样的好湖山里，你们要用功读书哟！"

中文系同学不多，大家熟悉以后，恩师常于课余带领我们徜徉于清幽的山水之间。我们请问他为何自号瞿禅，他说因自己长得清瘦、双目瞿瞿。又请他解释禅的道理，他说："禅并非一定是佛法。禅也在圣贤书中、诗词文章中，更在日常生活中。"后来他教我们读书为人的道理时，在他那平易近人、情趣横溢的比喻中，常常含有禅理，却使我们个个都能心领神会。那一点深深的领悟，常于他对我们颔首微笑中感觉得出来，而有一分无上的欢慰。因此，我们同学之间对他都称瞿师，当面请益时称他"先生"。

瞿师常常边走边吟诗，有的是古人诗，有的是他自己的得意之作。他说："作诗作文章，第一要培养对万事万物的关注，能关注才会有灵感。诗文看似信手拈来，其实灵感早在酝酿之中。比如'松间数语风吹去，明日寻来尽是诗'，看去多么自然，但也得细心去'寻'呀。"他站在高冈之上，就信口吟道："短发无多休落帽，长风不断任吹衣。"弟子们看着他的长衫，在风中飘飘荡荡，直觉得这位老师有如神仙中人。大家都说："先生的境界实在太高，学生们及不到。"

他说："这两句诗并不是出世之想，而是入世的一分定力。入要不强求名利，任何冲击都不致被动摇了。"在九溪十八涧茶亭中坐定，一盏清茗端来，他又吟起词来："短策暂辞奔竞场，同来此地乞清凉。若能杯水如名淡，应信村茶比酒香。无一语，答秋光，愁边征雁忽成行。中年只有看山感，西北阑干半夕阳。"这是瞿师的得意之作，也是弟子们背诵得最多最熟的一阕词。那时瞿师行年仅三十余，就已到了看山是山的境界，他才能体会"名如杯水"、"村茶胜酒"的况味。

瞿师又侃侃地与我们谈起他的苦学经过，尤为感人。他并非出身书香门第，父亲只是个小小布商，家中人口众多，无法供给他兄弟二人同时念书，但又很想培植一个儿子做读书人，因而心中踌躇不决。那时他才六七岁。有一天，他父亲一位老友来访，看他耳朵轮廓中多长一个弯弯，觉得此子有点异相，就问他："你喜欢读书吗？"他答道："我要读书，长大后要做一个顶顶有学问的人。"父亲听了好高兴，马上决定给他读书。他哥哥也自愿放弃求学，随父经商。所以他每回想起兄长就非常感激地说："如不是哥哥牺牲学业培植我，我哪得有今天。"手足之情，溢于言表。

他小学毕业后考进有官费补贴的浙江省立师范，不但免学费，还可有几文零用钱带回家。在那一段日子里，他把学校图书馆的古典文学书全部读遍。对于诗词尤感兴趣，已能按谱填词，这就是他立志学词之始。师范毕业后，无钱马上念大学，就暂住乡村小学教书。在幽静的乡村里，他就作了不少诗、古文与骈文，那时他还不及二十岁。"昨夜东风今夜雨，催人愁思到花残"，是他少年时的得意之作。

他执教的小学，就在我出生的故乡瞿溪小镇。所以到我念大学时，他回想起来，赠我诗云："我年十九客瞿溪，正是希真学语时。"我记得幼年时，他曾来我家拜访过先父，先父就赞叹说："这位年轻人将来一定是大学问家。"希望我能追随他读书。十余年后，他果然已主大学教席。我进之江才半年，先父的挚友刘贞晦伯伯指着我向别人介绍："这是瞿禅先生女弟子。"我真是又得意又惶恐，得意的是"女弟子"三字听来多么有学问，惶恐的是自知鲁钝，难以得老师之真传。

瞿师于西北大学归来后，卜居于籀园图书馆附近，几乎翻遍了图书馆全部藏书，打下了历史文化的深厚基础，立定了他一生为人为学的方针。他谦虚地说自己很笨，认为"笨"这个字很有意义，头上顶着竹册，就是教人要用功，用功是人的根本，所以"笨"字从"竹"从"本"。

他说："念诗词如唱歌曲，可以养性怡情。唐宋八大家几乎个个都在政治上受过许多打击，但没有一个怨气冲天，就是文学之功。这比方在幽美溪山中散步，哪里会对人动仇恨之念呢？你看有没有一个画家，画两个人在清光如水的月亮底下竖眉瞪眼地吵架的？"听得我们都大笑起来。

他又抬头望钱塘江汹涌的波涛，便讲起伍子胥、文种与勾践的故事，不免感慨地说：政治是最最现实、最最残酷的，多少有真知灼见的英雄豪杰，都做了政治斗争的牺牲品。所以读圣贤书，悟得安身立命的志节，也要有明哲保身的智慧。为正义固当万死不辞，但也不应做愚蠢的无谓牺牲。孔子说"君子不立于危墙之下"，也就是这个意思。

瞿师在抗战期间，眼看河山变色，沉痛地作过几首慷慨歌词，其一是为浙江抗敌后援会作的，其词云：

> 人无老幼，地无南北，今有我无敌。
> 越山苍茫兮钱塘呜咽。
> 我念我浙江兮，是复仇雪耻之国。

他又作了四首鼓舞士气的军歌，今录其二：

> 不战亦亡何不战，争此生死线。

全中华人戴头前，

全世界人刮目看，

战，战，战。

火海压头昂头进，一呼千夫奋。

左肩正义右自由，

挽前一步死无恨，

进，进，进。

　　他也目睹许多读书人，有的为了生活，不得不屈志事敌，有的却是利欲熏心，认贼作父。他曾作《瑞鹤仙》以"玉环飞燕"讽汪精卫的"辛苦回风舞"，见得他的心情之沉痛。他对于一个士子的出处进退，评定水准是非常严肃的。

　　一九三七年至一九四二年，四所基督教联合大学（沪江、之江、东吴、圣约翰）借英租界慈淑大楼开课。虽然弦歌不绝，但总不免国破家亡、寄人篱下的感触。瞿师在讲授《词选》时，常提起王碧山咏物词的沉咽，乃是一份欲哭无泪的悲伤，比起可以号啕大哭尤为沉痛。他回忆杭州，怀念西湖与之江母校，曾有词云："湖山信美，莫告诉梅花，人间何世。独鹤招来，共临清镜照憔悴。"他看去笑容满面，可是他内心是憔悴的，忧伤的。

据闻在"文革"那一段天昏地暗的时日里，他就在自己大门前贴上"打倒夏承焘"几个大字，总算得免于难。他之所以运用超人智慧渡过危厄，也就是他深体"君子不立于危墙之下"的深意吧！

瞿师的教诲既宽厚亦严格，真可说得是"夫子温而厉"。他勉励我们必须趁年轻记忆力强时多读书，多做笔记。指示读书笔记的原则是"小、少、了"。即：本子要"小"，一事一页，分门别类地记（有如今日的做卡片）；记得要"少"，即记的文字务求精简，不可长篇大论；最重要的是"了"，即必须完全领悟，而且有所批评与创见才是"了"。他说："博闻强记并非漫无目的，须就自己兴趣，立定方向目标，不可像老学究似的，装了一肚皮的史事典故，却不能消化。那不是学问，连知识都不能算。"他认为博与约是相成的，由于某种专题研究，就向某方向求博，愈博则愈专，愈专亦愈博。比如做李杜研究，必须读全唐诗、全唐书、宋诗及唐宋名家诗文集。由研究探讨中，又产生新灵感新题目，如此则愈来愈博。这正如胡适之先生说的："为学要如金字塔，要能广大要能高。"但如此的功夫毅力，实在是难以企及。

记得最牢的，是他有一句话："案头书要少，心头书要多。"他说："一般人贪多嚼不烂。满案头的书，却一本也未曾用心细读。如此读书，如何会有成就？"我到今天还是犯了此病。书架上、书桌上、床边，都堆满书，也都是心爱的书，却又何曾细读消化？如今是去日苦多，连"补读生平未读书"的心愿都不敢存了。

瞿师并不勉强我们死背书。他说，读书要懂得方法，要乐读——不要苦读，读到会心之处，书中人会伸手与你相握。也不要去羡慕旁人的"过目不忘"或"一目十行"。天才不易多得，天才如不加努力，不及平凡人肯努力的有成就。他说自己连《十三经注疏》都会背，是因为当时读书无人指导，劝我们不必如此浪费时间。他把读书比作交友。一个人要有一二共患难的生死之交，也常有许多性情投契之友以及泛泛之交。书要有几部精读的赖以安身立命的巨著，也要博览群籍以开拓胸襟。于是他又重复地解释那个"笨"字，认为用功的笨人反倒有成就，自恃才高者反误了一生。

有一位教文字学的任心叔老师，他对学生要求严格，上课时脸上无一点笑容。他也是瞿师的得意弟子，常常"当仁不让于师"地与瞿师辩论。他认为瞿师对学生太宽容，懒惰学生就会被误了。瞿师微笑地说："如卿言亦复佳。"他又正色说："我讲的是做人的道理，你教的是为学的态度。"他非常钦佩心叔师治学之严谨，自谦不如他。曾作过两句诗："事事输君到画花，墨团羞对玉槎枒。"因心叔师善画梅，瞿师则喜画荷。他赞美心叔的梅花是玉槎枒，自己的荷花是墨团。四年前，辗转得知心叔师已逝世。他教我们文字学与《论》《孟》，将圣贤的微言大义与西方哲学、佛教思想予以融会，旁征博引，对我们启迪至多。他瘦骨嶙峋，言笑不苟。顽皮的学生，把一位老态龙钟的声韵学老师比作"枯藤老树昏鸦"，把心叔师比作"古道西风瘦马"。风趣的瞿师则是"小桥流水人家"。以心叔师不妥协、嫉恶如仇的性格，真不知在大动乱期间，何以自处？他又焉能不死呢？

　　幽默轻松、平易近人、谦冲慈蔼，是瞿师授课的特色。因此旁系以及别校同学，都常来旁听他的课。他见到外文系同学，就请他们介绍西洋名著给他阅读，也启发他们以研究西方文学的分析技巧，来欣赏我国古典文学。他讲授《左传》《国策》《史记》笔法时，常说史家实在是以小说之笔写史传，其中有许多想象穿插，才能如此动人。他认为写传记除了要传"真"、传"神"之外，还要传"情"，才能打动人心。我们听得个个都眉飞色舞、趣味无穷。他常引西洋小说，与《史记》《红楼梦》等做比较，可见他早已有东西文学比较的新观念了。他自叹早岁对新文学运动未太注意，故得赶紧补读，以期对古典文学有更深领会。他就是如此的学不厌、诲不倦。

他如此耐心教导我们，培养我们作诗填词的兴趣，是因为他自己有感于老师的启迪至多。他认为老师的一句赞美与鼓励，可以影响人的一生。说着，他就在黑板上写了两句词："鹦鹉、鹦鹉，知否梦中言语？"问我们懂不懂，好不好。我们都说懂，而且非常好，因为它借唐宫词的"含情欲说宫中事，鹦鹉前头不敢言"的意思。他高兴地说："对呀，把原句化开来活用，才见得活泼又含蓄。"问他是谁作的，他更高兴地说："是我十几岁时作的第一阕《如梦令》，那时老师在我这两句边上密密地加了圈，连声夸我作得好，真使我感激万分。从那时起，我马上下定一生要研究词的决心。"

他又劝我们如将来当老师，不要对学生过分苛求，不要希望人人都是天才。聪明禀赋，人各不同。你在课堂里讲了几十分钟的话，难免有的学生在打瞌睡，有的在想心事，只要有某一二句话，进入某一二人心中，使他一生受用不尽，你就算对得起学生，对得起自己了。

他恳切的神情，令我们好感动。其实瞿师的每一句话，都深深进入我们每个同学心中，终生不忘。在上他的课时，没有一个同学打瞌睡，相信也没有一个同学在想心事的。

他不仅以诗词文章教，更以日常生活教，他教我们要设身处地，宽厚待人。有一回，我们同挤电车，司机态度恶劣，我非常生气。他劝我道："不要生气，替他想想他的工作多么辛苦单调，而我们乘客只几分钟就下车，各有各的目的，有的会朋友，有的看电影，有的去上课，而他却必须一直站着开车，如此一想你就会原谅他了。"

大学四年，得恩师耳提面命的亲炙，获益无穷。毕业后留校任助教，与家乡音书阻绝，承恩师师母照拂尤多。瞿师对世界战局似有预感。记得有一天我们在先施公司购物遇暴雨，师生在茶室避雨闲谈。他想起杭州西湖雨中的荷花，回家后作了一首诗，后四句云："秋人意绪宜风雨，归梦湖天胜画图。一笑横流容并涉，安知明日我非鱼。"那时太平洋战争尚未爆发，而瞿师竟已有"陆沉"的谶语了。

不久珍珠港事变，日军占领租界，四大学联合校长明思德博士因兼上海工部局局长，被日军囚禁于集中营。四大学解散分别内迁。瞿师、师母与我都先后历尽险阻，回到故乡，一同在永嘉中学执教。瞿师教高二、高三，我教初三、高一。上课时，我常为瞿师捧着作文簿，放在他讲台上，再回自己课堂，学生们都拍手表示欢迎。我也有重温在大学任助教，为各位老师改作业的快乐。

瞿师后来的师母无闻女士是我好友，她是瞿师得意弟子。我们一同住在他谢池巷寓所。两人常上下古今地谈至深夜不寐，那是我们最快乐的一段时光。无闻师母与其兄长天伍先生是乐清才女才子。天伍先生与瞿师交情至笃，经常诗词唱和，都满怀家国之忧。他常常深夜步月中庭，高声吟辛弃疾"把吴钩看了，阑干拍遍"之句，看来他胸中自有难吐的块垒。他赠瞿师的诗，有一首承他写在我纪念册上，特录于后，以见他的才情与一股郁勃之气："腾腾尘土闭门中，但说龙湫口不空。怪底君心无物兢，只应吾道坐诗穷。片云过海皆残照，新月当楼况好风。莫负明朝试樱笋，一生怀抱几人同。"

瞿师非常欣赏无闻性格豪爽，学殖深厚。在浙大时，他曾来信勉励我云："无闻有强哉矫气度，汝事事依人，未肯独立，此不及无闻处。境遇身体不好，固可原谅耳。汝之不及无闻，犹我之不及心叔，望各自勉力学去。"他的谦冲和对弟子期勉之切，于此可见。

柔庄师母性格内向，且体弱多病。瞿师与她虽非爱情结合，却非常重视夫妻情谊。他早年曾有一阕《临江仙》记夫妻同时重病初愈的心情云："未死相逢余一笑，不须梦语酸辛。几生了得此生因。五车身后事，百辈眼前恩。"他离故乡去龙泉浙大任教后，有一次来信对师母昵称"好妻子"。她淡然一笑说："不要肉麻了。"但那几天她显得特别快乐。

瞿师给我的信中，曾提到要写一篇《婚姻道德论》。我因而想起大学将毕业时，他在黑板上写了两句赠我们大家的对子："要修到神仙眷属，须做得柴米夫妻。"他说："这就是爱情的道德责任。"在读了叔本华哲学后，他又来信说想写一篇《不婚论》，说西方哲人多不婚娶，可以专心学问。似乎他对婚姻的看法，有点矛盾。也似乎隐约中有一段深埋心底的爱情故事，做学生的自不便多问。有一次，他一口气朗吟了放翁的几首沈园诗，且反复地念"年来妄念消除尽，回向禅龛一炷香"。我定定地望着他，问："先生对放翁身世有何感想？"他说："放翁是一位了不起的诗人、词人，我很喜爱他。"又吟道，"得失荣枯门外事，囊中一卷放翁诗。"对于放翁的爱情故事，他却略过不提。还记得他填过一阕《菩萨蛮》给我与一位同学看："酒边记得相逢地，人间却没重逢事。辛苦说相思，年年笛一枝。"问他何所指，他笑而不答。想来他的一段相思债只有不了了之。

瞿师不善饮，而词中常出现"酒边"二字，如以上引的"酒边记得相逢地"，又如"无穷门外事，有限酒边身"，"诗情不在酒边楼，洗荡川源爱独游"，都隐隐显示出一分深沉的寂寞。

柔庄师母逝世以后，瞿师一定过了一段独往独来的日子。但自一九七三年与无闻女士结婚后，才女学人的黄昏之恋，使他真正享受到美满的婚姻生活。客岁有一位前辈学人王季思教授，自香港赐寄一篇悼念瞿师的文章，也提到瞿师与无闻女士婚后非常幸福。并有赠夫人的《天仙子》词云："人虽瘦，眉仍秀。玉镜冰心同耐久。"另有一阕《临江仙》云："到处天风海雨，相逢鹤侣鸥群。茶烟能说意殷勤。五车身后事，百辈眼前恩。"最后两句竟然与几十年前赠柔庄师母的《临江仙》末二句完全相同，足见瞿师是一位非常重夫妻恩情的人。他们婚后，无闻师母不但照顾他起居饮食，更为他整理著述，使传世之作得以源源出版。对我国学术文化的贡献，她也是付出极大心力的。

六年前我在台北时，香港友人曾寄来瞿师赠我的一阕《减字木兰花》："因风寄语，舌底翻澜偏羡汝。往事如烟，湖水湖船四十年。吟筇南北，头白京门来卜宅。池草飞霞，梦路应同绕永嘉。"他怀念杭州西湖，也怀念永嘉谢池巷故居（谢池巷因永嘉太守谢灵运诗"池塘生春草"之句而得名）。

瞿师是一位非常念旧怀乡的人。在王季思教授的文章中，提到瞿师在一九七八年曾有一首《减字木兰花》纪念塾师的。其词云："峥嵘头角，犹记儿时初放学。池草飞霞，梦路还应绕永嘉。"末二句与赠我的词几乎完全相同。可见他思乡心与日俱增，因而在给同乡写的词中，不由得一再出现同样的句子。

他晚年因养疴客居北京，但心中一定系念故乡故土。回想他在沪上时，赠我诗中屡屡提到故乡。例如："人世几番华屋感，秋山满眼谢家诗。""我有客怀谁解得，水心祠下数山青。"

在沪上时，他曾作过一首古风：

去年慈淑楼，窗槛与云齐。
今年爱文路，井底类蛙栖。
下流诚难处，望远亦多悲。
谢池三间屋，今我梦庭闱。
亲旁一言笑，四座生春晖。
嗟哉远游子，念载能几归。

游子情怀，我至今念起来，仍不禁泫然。

两年前，梁实秋教授自港回台，《大成月刊》主编沈苇窗先生托他带瞿师的《天风阁诗集》转我。里页题有"希真女弟存览·瞿翁赠"。字体极似瞿师，但我认得出是无闻师母代笔。想见瞿师健康情形已远不如前了。

客岁承沈苇窗先生与旅居美国的寿德棻教授先后寄赠瞿师的《天风阁学词日记》，捧读后才知瞿师自十余岁即学为日记。七十年中，虽历经兵乱流离，日记未尝一日中断。这份坚持毅力，非常人所能及。日记原已积有六七十册，十年浩劫中，颇多散佚。这一集是由无闻师母协助整理，自一九二八年至一九三七年十年的日记。自序中说，"此十年正值作唐宋词人年谱及白石道人歌曲斠律诸篇，且多有读书、撰述、游览、诗词创作，友好过从，函札磋商等事迹。"此书不但于学术及词学上有莫大贡献，于细心拜读中，尤可以体认一代词宗超凡的思想、真挚的感情与他一生为人治学的严谨态度。虽是日记，却是一部不朽的著作。

　　在拜读瞿师的日记与诗词时，我仿佛又回到大学时代，与同学们追随在恩师左右，恭聆他慈和亲切的教诲。他对弟子们的学业、心境、生活、健康，无不时时关怀。记得我离永嘉中学去青田高院工作后，曾一度患严重肠炎，他立刻来书殷切存问，信中说："不久将与诸同乡卖舟东下，如在青田小泊，拟上岸一视希真。望此笺到时，汝已康复如平时，当有病起新诗示我矣。古句云：'维摩一室虽多病，亦要天花作道场。'化病室为道场，非聪明彻悟人不能。幸希真细参之。"

　　师生暌违的一段时日，他总频频赐书嘱我专心学业，勿为人间闲烦恼蚀其心血。他的片纸只字，我无不一一珍藏，时时捧读，有如亲聆教诲。他赐赠的诗词、格言、书札，虽于战乱流离中，总是随身携带。每到一处，必恭敬地捧出，将诗词悬诸壁间。每于愁怀难遣之时，便以瞿师微带感伤的乡音，低低吟诵，感念师恩，绝不敢妄自菲薄，心情亦渐渐开朗了。

自闻恩师逝世以后，我又一一细读他的每一封函札，深感他的谆谆诲谕，不仅对我个人，即对今日青年的进德修业，都有受用不尽的裨益。但因限于篇幅，只能就其中选录数节于后，以见一代学人对弟子的关怀勉励。

　　书悉，得安心读书，至慰至慰。《庄子》卒业，可先读《老子》，篇幅不多，须能背诵。四子书仍须日日温习。自觉平生过目万卷，总以《论》《孟》为最味长也。《虞美人》词尚能清空，希再从沉着一路作去。年来悟得作诗作词，断不能单从文字上着力。放翁云："尔来书外有工夫。"愿与希真共勉之。体弱易感，时时习劳，乃无上妙药。月来欲以一日一汗自课，恨偷懒不能自践其言耳。

　　工作忙否？读书习字最好勿一日间断，汝与无闻前途皆无限量，切勿为世俗事烦恼分心，专力向学，十年以后，不怕无成就也，近有从贞翁学诗学字画梅否？此机会不可错过也。（贞翁是父执刘贞晦老伯，大动乱中被迫自缢而亡。）

近读奥尔柯德《小妇人》，念希真他日如能有此不朽之作，真吾党之光。以汝之性情身世，可以为此。幸时时体贴人情，观察物态，修养性格。对人要有佛家怜悯心肠，不得着一分憎恨。期以十年，必能有成，目前即着手作札记，随时随处体验，发挥女性温柔敦厚之美德。

比来耽阅小说，近读迭更司块肉余生一书，尤反复沉醉，哀乐不能自主。自唯平生过目万卷，总不及此书感人之深。念汝平生多拂逆，苟不浪费精力，以其天分，亦可勉为此业。流光不居，幸勿为闲烦恼蚀其心血。如有英文原本，甚望重温数遍，定能益汝神智，富汝心灵，不仅文字之娱而已也。

放翁诗云："生死津头正要顽。"此顽字诀甚好。一生恐惧软弱心，便为造化小儿所侮弄。正宜书放翁语置座右，比来生活如何，公余读何书，一事一物皆当作学问看。外物俗念，不能动摇我心。此亦练顽之一道。大雨中燃灯书此，时甲申清明后一日。

后山诗："仰视一鸟过，愧负百年身。"涉世数十年，幸未为小人之归，兢兢以此自制其妄念，期与希真共勉之。

恩师读任何中西文学、哲学名著，及古文诗词，每有特别会心之处，必随时手抄数则分示弟子。期望于我的是，能以十年为期，完成一部长篇小说。与恩师别后四个十年已悠悠逝去。我竟然因循地只写些短简零篇，长篇迄未动笔。来日苦短，将不知何以慰恩师在天之灵。在重重忏恨中，我只能以短诗一首，向恩师祝告，亦未遑计工拙矣：

师恩似海无由报，哭奠天涯路渺茫。
杖履追随成一梦，封书难寄泪千行。

据闻恩师于病革之时，多次嘱无闻师母低声吟唱他早岁所作的一阕《浪淘沙·过浙江七里泷》。

此词是他少年时代的得意之作，曾多次为弟子们吟诵过，我们都耳熟能详：

> 万象挂空明，秋顾三更。短篷摇梦过江城。可惜层楼无铁笛，负我诗成。
>
> 杯酒劝长庚，高咏谁听。当头河汉却相迎。一雁不飞钟未动，只有滩声。

遥念恩师近年虽患脑神经衰退症，而智者的一颗灵心，必然澄明如天际皓月星辰。况他以毕生心血致力学问，以满怀仁爱，付与人间。以他的佛心佛性，必然往生西方。他临终时听师母为吟他自己少年时得意之作，正如摇着短梦，飘然归去，内心必然因不辜负此生，而感到万分欣慰吧！

宠物
良伴

在你最最不快乐，或真正感到寂寞的时候，只有狗才是你最最好的伴侣。你不用跟它说一句话，彼此默默相对，它忠实的眼神望着你，就能为你分担忧愁。

狗逢知己

我心中一直想有一只可爱的狗，可是由于客观环境不许可，这只狗一直还没有来临。

最近，我开始去附近一座大学校园里做晨操。一进门就看见一只矮矮胖胖的狗，对着每个进出的人傻傻愣愣地望，人们却没一个理它的。我立刻上前和它招呼："狗狗，你早，你好乖哦！"然后伸手摸它的额角、它的下巴。它竟举起前脚和我握手。那憨厚的眼神，立刻给我以莫逆于心的感觉。

我走到树荫深处做早操，它不时跑来，在我身边绕一圈，又回到门口，并没有忘记看门的职责。我回家时，再和它握手道别。

对于晨操，我一向无恒心，但为了那只新认识的狗友，我竟然风雨无阻地每天都要去那校园。每天它都以同样温驯的神情欢迎我。日前，天空飘着丝丝细雨，我还是打着伞去了。校园中人很少，狗懒洋洋地坐在门口，见到我，一跃而起，像见到亲人似的那么兴奋。我拣了块比较干燥的地方，温习我的太极拳。它就在我身边坐下来，耐心地看我缓慢的动作。最有趣的是它的头竟随着我的手上下左右地摆动，是那么的专心致志。我陡然觉得自己的架势和姿势都美妙起来。因为在此纷纷扰扰、匆匆忙忙的尘世，我能在此幽静校园的一角，对着苍松翠柏，享受片刻清新之外，还能有如此一只"慧眼识英雄"的狗，默默地观赏我，焉得不欣然引为知己呢？

　　晨操完毕，和它握手告别时，它却依依地一直跟随着我，忽前忽后，忽快忽慢，不时转过头来看我，那神情是打算护送我回家的样子。我不禁心想，如果真跟我到家的话，我就收留它吧。看它脖子上并没有套圈圈，也许根本是一只无家可归的狗，由学校工友暂时收留的吧！

　　一路上，我招呼着它："慢慢跑，小心啊！"看去俨然是我自己的狗。心里有一分说不出的得意："看，我也有一只狗了。"它跟我到门口，我开了门，它一跃而入，在台阶上坐下来等我开第二道门，这一下我犹疑了。我真能收留它吗？能让它浑身湿漉漉地登堂入室吗？一面临现实问题，我仍不能不考虑。如果收留它，往后就得负起照顾的责任，为它洗澡、买鱼肉、煮饭，我这般忙乱，能有这时间吗？我外出时，它不会寂寞吗？如此地左思右想，我终于没有请它进屋子，只找了几片卤肉喂它，摸摸它的头抱歉地说："狗狗，你还是回到校园去吧，那儿比较自由，每天早上，我们都可见面。"它好像听懂了我的话，低头走出大门。我倚在门边目送它在微雨中渐渐跑远了，心中感到无限的歉疚与怅惘。与它相逢多次，相守多时，它对我如此友善和信赖，我却不能养它。它怎么知道自私的人类考虑之多？当我关上大门时，它是否感到失望呢？

第二天，我特别热切地去校园，主要是为看它。它仍然在门口送往迎来，见了我，仍然亲热地跑来和我握手，丝毫也没有对我不高兴的神情。我欣慰地想，狗究竟比人单纯得多，它可能只记得我喂它卤肉而不计较我没让它进客厅吧。也许它受到人间的炎凉冷落已太多而习以为常。我对它原没有照顾的责任，但由于头一天它的善意相送，我内心总觉欠了它一份情意，就想无妨每天让它送我回家，给它喝点牛奶，吃几片肉，再放它回来，不也很好吗？我边想边做早操，它仍和往日一样，守在我身边。可是当我回家时，走到校门口，它就停住不再跟了。我再怎么呼唤它，它都驻足不前。好聪明的狗！它居然记得前一天的事，知道我不能长久收留它，就非常有分寸地不再送了。能说卑微的动物没有"心眼儿"吗？

一路回家，我心中怅然若失。我究竟还是不能有一只心爱的狗，它不是属于我的。外子看我无情无绪的样子，笑着劝我说："你只要爱狗，每天享受一下和它谈心之乐就行了，何必一定要占为己有呢？"与狗无缘的他又加了一句："何况见人就跟的狗，绝非名种。"我说："何必名种呢？养尊处优的名种狗，反倒自视不凡，拒人于千里之外。哪有历尽沧桑的狗重视人们对它的情义呢？"

倒是他说的每天可以享受与狗"谈心之乐"这句话，使我抱歉之心，稍得释然。我转念想，它已幸得避风雨之处，又有海阔天空的校园，供它自由奔跑嬉乐，岂不比关在大门内，局天蹐地忍受主人外出时的寂寞好得多。它既已对我另眼相看，我们能每天见面，"握手言欢"就很好，何必非要它守在家中，才是我最最心爱的狗呢？

我至今也不知它叫什么名字，只要喊一声"狗狗"，它就飞奔而至。它是如此心安理得地做一只狗，与它坦诚地交往，倒真有"狗逢知己"之感呢。

写了《狗逢知己》的短文，稿子寄出才两天，再去校园时，就没看见它来迎接我。一问工友，说已被清洁处抓走，多半处死了。我好难过，好后悔没有收养它，和它竟只短短一个月的缘分，为什么人世间总是这般无奈。

整整一天，我什么事也做不下去，一直在想着那只可怜的狗。我先生说："世间多少无家可归的苦难者，你都没看见，即使看见了，你救得了吗？"我愈加难过了。

有时想想，人实在应当冷酷点，免得自寻烦恼，我不敢再养猫狗，也是如此，但就连偶然遇见的一只狗，也要有这么悲惨的下场，让人伤心。

小记：此文刊出后，有一位好心的读者来信，建议我到三张犁一个野猫野狗的暂时收容场所去找找看，也许还可以认回我那只"知己的狗"。即使找不回来，也可另外抱回一只猫或狗。但我没有去，因为我没有勇气面对那么多嗷嗷待哺、无家可归的猫狗。当它们一只只伸长脖子向我哀哀求乞"收留我吧"的时候，我哪有广厦千万间使得天下猫狗尽欢颜呢？

我家龙子

当我用最亲昵的声音喊着"龙子、龙子"的时候，可千万别以为我在喊我的儿子。"龙子"并不是我儿子的大名，它是我儿子的爱宠，一只小白猫。一个阴雨的深夜，儿子"倦游归来"，蹑手蹑脚地闪进了大门，满头满脸的雨珠，薄薄的单衣已经湿透。衣服下面是鼓鼓的，一定又是借了一大叠小说回家了。我不问他什么，只要回来了就好。赶紧拿块浴巾在他头上一阵擦，他却从毛巾里把头冒出来，对我一笑，好久没看他这副稚气的笑了，那笑里包含了歉疚、信赖，又有几分神秘。"妈，你猜这是什么？"他拍拍鼓鼓的胸膛，里面好像有样东西在动，我一下子就猜到了，但我却问：

"是什么呢？"

"喏，给你。"他拉开扣子，提出一只小猫。

"啊呀，这么瘦，好可怜。"我捧在手心，它打着哆嗦。

"浑身白，有几块黑，你不是说这叫作雪中送炭吗？"儿子很得意。我连连摇手，指指里屋他的爸爸。可是小猫咪呜咪呜地叫了。

"又去找麻烦了，不行不行，已经有只黑猫，家里猫造反了。这只绝对不能养，马上丢掉。"他爸爸已经从床上一跃而起，声色俱厉。儿子神情沮丧，双眉紧蹙。

"下雨天嘛，它太冷了，明天再说吧！"我为它求情。

"我一直走，它一直跟，我不能不带它回来。"儿子喃喃着。

"无论如何不行，家里不是动物园。马上丢，哪里捡来的丢回那里。"语气斩钉截铁，毫无商量余地。

"好，马上去，马上去。"我说。

儿子失望地望着我，我向他扮个鬼脸，他懂了。又是那稚气的一笑，充满了歉疚和信赖。多少日子以来，他每每深夜归家，我都忧心如焚。灯亮着，门半掩着，只为让他好轻手轻脚溜进来不惊醒他父亲。从没有像今夜这样把父亲吵醒，咆哮一阵，却从没有像今夜这样使我心里快乐安慰，因为他抱回来一只小猫，他双手把它托付给我，万般的信赖。他爱小动物，从小他连一只飞蛾都不忍伤害，他知道我也爱小动物，真个是母子连心。霎时间，灯下的时钟嘀嗒声变得好柔和，几小时的枯坐等待都不再令人恼怒忧焦了。

次日，儿子就要南下参加短期训练。临行时，他当着父亲对我扮个鬼脸说："妈，拜托拜托。"

"你放心好了。"

"什么事这样鬼鬼祟祟？"父亲已忘了小猫的事，我把它藏在后阳台的大纸匣里，垫得暖暖的，喂得饱饱的，一声也没叫。这是我们母子之间的一个秘密，我好得意。

儿子第一封来信斗大的字只有几十个，关心的只是小猫。母子的通信有了话题。我告诉他小猫好乖巧，大小便有一定的地方，从不乱来，这第一关，爸爸算通过了，可是"丢掉丢掉"仍挂在嘴上。我答应等它能自立谋生以后，一定"丢掉"。儿子说谢谢妈妈的照顾，给它起个什么名字呢？我告诉他先是叫小白咪，以纪念从前走失的小白咪；后来却叫龙子。怎么会叫龙子呢？儿子很奇怪，我说："这还是你爸爸给起的。"爸爸居然给小猫起名字，爸爸一定妥协而且在喜欢它了。其实不然，爸爸天天在挑小猫眼儿。爸爸忽然发现它反应迟钝，叫它咪咪，千呼万唤，充耳不闻。而黑猫凯蒂早已在我们身边蹭来蹭去了。可是用手一招，它马上奔过来，吃饭时碗敲得叮当响，它也无动于衷。看见凯蒂在吃，它才一个箭步上前去抢。这才确定，小白咪是个大聋子。聋子多不体面，于是就叫它龙子，"望子成龙"的"龙"。儿子大乐，要我寄照片给他看，我马上给他寄了。

他的小白咪、我的丑黑咪合拍了一张照。它们本来形同冰炭，一周后水乳交融。凯蒂天生母性，把龙子舔得雪白雪白。它就享受着现成的母爱，看它们形影不离的样子，孩子的父亲不再提"丢掉"的话了。丑黑猫一向善解人意，最能奉承男主人。它带着龙子一起跳上他膝头，他摸摸它们慢条斯理地开玩笑说："这样吧，把你们杀来此（吃）掉。"他的四川口音，凯蒂像早已懂了，咪呜一声，表示抗议。

儿子宿舍的邻居太太看了照片说，小白猫不但是"雪中送炭"，还是"鞭打樱桃"呢，因为它的黑尾巴加上鼻子上一团黑，像一颗樱桃，居然还上了谱，更不能不另眼看待了。其实我倒不在乎它上不上谱，我既爱猫，美丑自当一视同仁，它是残疾，更不能不照顾到底。何况，拥着它，心头另一份失而复得的温暖，因为它是儿子郑重所托。想起他在童年时期，遇到路上的病猫病狗，统统把它们抱回家来，却统统被我悄悄地送了出去。他的小心灵一定在怨我。我也一直感到对他抱歉。曾有一次我为他向朋友要来一只小狗，养了一星期，小狗深夜叫个不停，吵了邻居，不得不把它送回。儿子抱着它睡了一整夜，还是硬把他们拆开了。他怏怏不乐了好多天。我们之间，为此似乎有了好大的隔阂，却又无可解释。最后，我特地花了四十元，在东门宠物店买回一只小白猫，趁他睡着时放在他枕头边。他醒来一眼看见了，才展出笑容（那次深夜捡来龙子时也正是那同样的笑容）。偏偏那小白猫又走失了。我太忙，无法花太多时间照顾小动物，可是儿子怎会谅解我在忙些什么呢？

他逐渐长大以后，再也不提小狗小猫的事。他的兴趣有了极大的转变，母子之间的情愫，似已非对小动物的爱所可沟通的了。我惆怅，我失落，却又无可奈何。我曾盼望孩子快快长大，又宁愿孩子慢慢长。他曾说："妈妈，你现在不要老，等我长大了，我们一起老。"如今我已两鬓白发渐增，他又何曾再说一声，要我等他一起老呢。我更记起有一次他赌气"留书出走"，他写道："妈妈，我走了。请为我照顾屋顶上的小猫，它是没有妈妈的孤儿。"我深夜打着电筒上屋顶寻找小猫，端了牛奶想喂它，却偏找不着小猫踪影。第二天，儿子抱着小猫回来了。我们默无一言，却是彼此心照不宣。他了解，我打着电筒寻找的岂止是小猫呢。他就是如此地捉弄我，试探我。可是我宁愿受捉弄，被试探。总比他对我是否爱小猫漠不关心好多了。

他已经十八岁，真的长大了，我应当高兴。可是我无法进入他心中，他终日沉默无语，我终日寻寻觅觅。他一出大门，我便为他愁风愁雨。我常常对自己说："不要愁，不要愁，各人的十字架，由各人自己背吧！"但此心却总是"剪不断，理还乱"。我背诵着儿时背过的诗句："燕燕汝勿悲，汝当反自思。思汝为雏日，高飞背母时。昔日父母念，今日汝应知。"听时钟嘀嗒之音，等着迟归的儿子。我也想念着劳累终生，难得开颜的母亲。直到那个深夜，儿子以信赖的一笑，托给我这只小白咪——龙子，我才拾回了些什么，心头感到扎实多了。因为我们彼此所爱的，不仅是一只小猫。

他不久又要远行。他向往海上生活，满怀新奇。我却满腔忧虑，在人生的道路上，他才刚刚起步，而我却已白日依山。他的十字架，真个只好由他自己背负了。人生作圣作狂，只在一念，我虽以最高的道德标准教育他，又何能牵着他走人生的正路呢？

我抱着龙子，喃喃地对它诉说心事。龙子是个聋子，它听不见，纵然听见了也听不懂。但是想想儿子，他又何曾听得见，何曾听得懂呢？

猫　缘

　　旅居美国时，曾多次对自己说，回到台湾，第一件事，就是再养一只猫，因为我去时，寸步不离我的凯蒂（我的玉女灵猫），竟然绝食而死。在纽约三年中，虽然不时有邻居的猫，或是街边无主野猫，偶然来和我做伴，但究竟都是短短一段时日，它们不告而去后，反使我倍增惆怅。因此我渴望回台，回台后至少可以拥抱一只自己抚养的猫。

　　可是回台已经一年多了，我仍然没能拥抱一只自己抚养的猫，甚至连街边野猫，或邻居墙头的猫，都对我不屑一顾。平日，除了上课或不得不外出时，一个人在家，固然可以读书写作自遣，但心头总有一份失落感。因为在我身边，缺少一个与我息息相关的生命的陪伴。有时听到后院几声"咪咪咪"的猫叫，待我开门奔出去一看，一只美丽的三色花猫已惊得倏然而逝。我也曾摆一碟牛奶或一小撮鱼饭引诱它，它总在你不注意时，悄悄地来饱餐一顿，连一声谢谢都不说就掉头而去。我还在冬天将旧毛巾放在大纸匣中，摆在后院走廊，痴痴地迎候它的来临，希望它能懂得我将会给它一个温暖的家。可是它总是非常警觉，接受我的款待，却不信赖我的友情。我有点失望，觉得搬来新居以后，周围的猫怎么会远不及旧居那边的猫来得友善呢？

了解动物性格的人都说，猫就是猫，一种机灵、自我中心，也比较狡猾的小动物，与人之间不容易建立友谊。我却总有一股痴心，认为至情可以感猫，甚至连猛兽如老虎狮子都可互通灵性。外子笑笑说："那得从小养大才行呀！"他的话是不错的。这使我想起乔依·亚当逊所写的一本书《艾莎的一生》（曾拍成电影《狮子与我》。该书由纯文学出版社印行，名家季光容所译）。我真希望再有一只猫，也像狮子艾莎似的，朝夕不离地陪伴我。

那么我为什么不实践这个心愿呢？每回想起以前所饲养的猫，每一对含情脉脉的眼睛，爱娇的神情，都在我眼前，想起它们，我都怅恨万千。如果再养一只猫，至少我会快活些，不至魂牵梦萦于失去的猫了。

可是我没有再养，是去年一段猫的故事，使我改变了心境。刚回台时，在巷口看见一只终日流浪的黑白猫，腆着大肚子蹲在公寓大门口。我进门时，一声呼唤，它就随我上楼进屋，非常的温驯善良。但看样子它即将临盆，产下一窝小猫，这叫我如何处理。在不得已中，只好每天让它进门享受一大半天的饱餐酣睡，到晚上就请它出去。它也习以为常，早归晚出。有时我办事外出，回家时它已端端正正坐在家门口等我，叫我无论如何也舍不得驱逐它。我曾写了一篇《我家看门猫》给小朋友看。没多久，它忽然不来了。我知道它一定是找个隐蔽的地方生小猫去了。心里虽挂记倒也如释重负，因为它没把小猫下在我家中。谁知一个大雨天，母亲节的前夕，它竟浑身湿淋淋地衔着一只小猫，蹒跚地爬上楼梯，把小老鼠似的新生小猫，放在我房门口。然后，第二只，第三只，第四只。害得我手足无措，这可怎么办？它信赖我，要把儿女托付给我，我能把它们扔出去吗？外子下令道："绝对不许进门，你如抱进门来，我就一只只煮来吃掉。"（这是他讨厌小动物的口头禅。事实上，我过去所养过的猫，没一只不爬在他怀里睡大觉。）无可奈何中，我在门口用大纸箱拦出方寸之地，遮住阳光，又在墙上贴张字条："上下楼梯的小朋友们请注意：小猫咪刚出生，还没睁开眼睛，请不要碰它们。"于是整个公寓的小朋友们，都纷纷来照顾它们，送牛奶、送鱼饭给母猫吃。我的门口成了小小动物园。不久即引起公寓清洁夫的愤怒，说妨碍公共卫生，要我立刻设法送走。我只好悄悄地把它们运到顶楼人迹罕至之处，每天三次上去为母猫换水盆添鱼饭。四楼的陈太太是小学老师，她也好心地帮我照顾。可是小猫一天天长大，四处乱跑，万一跌下来，一定粉身碎骨。那一段日子，我寝食不安。陈太太为我问学校小朋友们有没有要猫的，全体小朋友都举手，可是所有的母亲都不准孩子养猫。我一筹莫展中，乃托文友芯心在《大华晚报》写了一段《赠猫》的短文。文章一刊出，立刻电话纷纷而至，一算四只小猫还不够送呢！有的竟问我有没有小狗，好像我是开小动物店的。可是我一做身家调查，又犹疑起来。因为她们也都住公寓，没有养猫环境，有的只是一时好奇心，并不打算久养。我既亲眼看它们出生长大，实在不忍心只送出去就不管它们以后的安全。感谢天，第三天竟是一位长春幼稚园园长史乃丽女士，亲自开了娃娃车来，告诉我，她最爱小动物，全园小朋友也极爱小动物，她园内有很大的院子，可以收养它们母子，并希望我亲自去参观她的幼稚园。这一下我才放心了。她带走母子五只猫，给了它们广阔自由的天地，给了它们充分的照顾。而且我们时常通电话，知道猫的一切情况。我曾两次去参观长春幼稚园，史园长的慈母和她本人都是虔诚的佛教徒，她俩以满怀爱心办了这所幼稚园，爱幼儿而及动物，也以广大的院落收养无家可归的野狗野猫。这一段可贵的猫缘，使我体会到人间到处有温情。同时也使我领悟到，照顾或饲养小动物，不应当只想要它们给自己做伴，而是为尊重它们生存的权利，尽量还给它们以广阔自由的天地。这也就是《狮子与我》中，艾莎的女主人何以放狮子回森林的心情了。

如此一想，我就决心不再养猫，也不再怪后墙头上"高来高去"的野猫，对我不假辞色。它们原是有自由意志，独来独往，何能局促于公寓的小小天地中。何况我走在街上，见到任何猫狗都和它们打打招呼，只要它们对我悄悄表示亲善，我也就很满意了。因为所谓的"缘"，原是应当广结的啊！

由于猫缘，更广结了人缘。这么一想，我独处时，就不一定非得有一只小生命做伴，心头也不再感到寂寞，而是暖烘烘的了。

雪中小猫

　　雪积了一尺多高，细鹅毛还在空中飞舞。我披了厚大衣，戴上绒帽走出去，沿着旁人踩过的脚印，一步步向前蹒跚。半个身子没在雪沟中，一片无边无际的白。一只大黑狗，从邻家蹦跳出来，随着小主人在雪中打滚，身上、鼻子上、额头上全是雪。"黑狗身上白，白狗身上肿"，真好可爱。我拍拍它，摸摸它下巴，它向我摇摇尾巴。我忽然想起自己的"黑美人"凯蒂，如果我把它带来，它一定只能坐在窗台上，隔着玻璃向外望，因为它胆子好小。可是隔着千山万水，我怎能把它带来？现在，我也不必再挂念它了，因为它已经走了，离开这个世界，离开我。

　　雪地里站着一个中年美国妇人，怀里抱着一只胖圆圆的三色小猫，像有磁石吸引似的，我迈向前去，微笑地问她：

"我可以摸摸它吗？"

"当然可以，你要抱一下吗？它对谁都友善极了。"

我把它抱过来，搂着它，亲它，一对绿眼睛多情地望着我，伸出舌头舔我的手背。它真是好亲昵，如果我也能天天抱着它该多好，我不禁喊了它一声凯蒂。

"它不叫凯蒂，它的名字是Playful。"

"噢，Playful。"我当然知道它的名字不叫凯蒂。

它的主人絮絮地告诉我它的聪明伶俐，讨人欢心。它原来是一只小小的野猫，被她收留了。现在，有它陪着，日子过得好丰富、好温暖。

我也曾有一只小花猫，忽然来到窗外，把鼻子贴在玻璃上，向我痴望。我抱它进屋来，喂它牛奶、蛋糕。像凯蒂一样，它坐在书桌上静静地陪我看书。晚上睡在我肩膀旁边，鼻子凉凉的，时常碰到我的脸。可是它只陪了我三天三夜，却忽然不见了。每个清晨和傍晚，在风中，在雨中，我出去找它。千呼万唤……我唤它凯蒂，因为它就是我的凯蒂，可是它没有回来，就此倏然而逝。邻居告诉我，野猫野狗到冬天都会被卫生局带走，如无人收养，就打针让它们安眠，免得大风雪天它们在外飘零受冻挨饿。我看看怀中的猫，但愿它就是那只小花猫，已经找到了温暖的家，可是它不是的。那只小花猫到哪儿去了呢？它没有在雪中流浪，难道它已经被带走了吗？儿子来信告诉我，凯蒂自从我走后，不吃饭，不跳不跑，只是病恹恹地睡，饿了几个月，它就静悄悄地去了。它去的日子，正是这只小花猫来陪伴我的日子，那么它是凯蒂的化身吗？它是特地来向我告别的吗？

美国妇人还在跟我说她的小猫。我想告诉她，我也有过这样一只可爱的猫，可惜已经不在了。但我没有说，还是不说的好。

每当深夜醒来，凯蒂总像睡在我身边。白天我坐在书桌前，它照片里一对神采奕奕的眼睛一直在望着我，凯蒂何曾离我而去？

我把小猫还给主人，她向我摆摆手走了。小猫从她肩上翘起头来看我，片刻偎依，便似曾相识。我又在心里低低地喊它：

"凯蒂，我好想你啊。"

海明威有一篇小说《雨中小猫》。那个美国少妇到了陌生的意大利，没有人和她说话，没有人懂得她的心意，连丈夫也只顾看书，头都不抬一下。她寂寞地靠在阳台上看雨景，看到雨中一只彷徨无主的小猫。她忽然觉得自己想要一只小猫，她就去追它，一边喃喃地说："我要一只小猫，我就是要一只小猫。"海明威真是懂得寂寞滋味的人。

好几年前，我卧病住医院时，深夜就时常有一只猫来窗外哀鸣，它一定是前面的病人照顾过的，但他不能带它走，于是我也照顾了它一段日子。我出院后，它一定依旧守在窗边，等第三个爱顾它的人。

儿童电视节目里罗杰先生抱着猫唱歌，我记下几句：

Just for once I'm alone,

Just we two, no body else,

But you and me,

You are the only one with me,

But you and me.

我低低地哼着，哼着，我好想要一只小猫。

笨猫风波

与定居美国的友人分别两年多，重新见了面，彼此都话如泉涌。谈到后来，话题转到了猫。

"那年记得你说过，一回到台北的家，就要养一只猫，养了没有？"她问我。

"没有，"我叹息地说，"想来想去，还是不愿再多一份感情的债。宁可在寂寞时逗逗后院'高来高去'的墙头猫，尽管它们吃饱了就掉头而去，在肚子饿的时候，总算还把我当个朋友。"

"那都是聪明猫，能高来高去，也能低来低去。而我养的却是一只笨猫，真是奇笨无比。"

"猫本来就是非常自我中心的，它不高兴理你的时候就不理你，并不是笨。"

"不，它是真的笨，笨到每回爬到树上就下不来。你见过一只又壮又大的猫在树上下不来的吗？可是它那一身的毛却真是漂亮至极。头顶与背上乌黑，鼻尖与下巴以及肚子以下雪白，四条腿是黑的，爪子却又是白的，兼有乌云盖雪与踏雪寻梅两种名谱。那副睥睨一切的高贵神情也真叫人'敬爱'，因此对于它爬树所带来的困扰，也只好认了。"

下面是她所讲的一场笨猫风波：

    我的猫最爱爬树，爬上去抓鸟，抓松鼠。累了就伏在树上扯着长声叫，非要我们用桌椅搭了或用梯子爬上去把它抱下来不可。

    去年冬天有一次，它越爬越高，一直爬到树顶上，它怕了，在上面狂叫。可是树这么高，连梯子都够不到。孩子在下面直跳脚，要我们快快想办法救它下来。手忙脚乱中，想到只有修理电线的工人会爬高高的电线杆子，一定可以帮个忙。可是他们在电话里很抱歉地说："我们的工作是修理电线，对爬树抓猫没有经验，你们何不问问救火队呢？他们有云梯呀！"对，找救火队，云梯救猫，轻而易举，无妨杀鸡用牛刀一番。我们充满了希望地向救火队求援。他们起先是吃惊，继之是细心地向我们解释："我们很同情你们胆小如鼠的猫，可是没办法做这件事。因为救火队员的保险只限于因救人或扑灭大火所受的伤。如果因救你们的猫，从树上掉下来受了伤，保险公司是不负赔偿之责的哟！"

没办法强人之所难。左思右想，打个电话给警察局试试吧！警察先生大笑说："我的天，你们真把你们的宝贝猫给宠坏了。就狠下心让它叫吧。饿得受不了时，它自然会下来的。我还没听说过，一只活蹦乱跳的猫，会饿死在树上的呢！何况猫又不是老虎，没有危害到社区的安全，也没有扰乱左邻右舍的安宁，我们没法管这档子事呀！"

话说得振振有词，我却有点生气了。当然不能怪警察先生，气的是不该养这么一只胆小的猫。焦急的孩子想起了动物保护会，这确是个好主意。电话打去时，对方的声音充满了关怀与同情："这只猫真是好可怜，天气这么冷，它怎么受得了？你要求帮忙的几个机构太不应该这般的冷漠了。"

"你们能帮忙吗?"

"啊，真是抱歉，我们没有这方面的专业人员，也没有工具。因为猫爬上树顶下不来的情形，以前还从来没有发生过呢！对了，我建议你们招待记者，或是打电话给电视公司，就说救火队和警察局都缺少同情心，不讲人道主义，对于动物见死不救……"

话没说完，我们就谢了他，把话筒挂上了。用得着这样小题大做，为一只不争气的猫惊动社会大众吗？

风雪交加起来，树顶的猫，叫声愈来愈凄凉、愈来愈微弱。它的小主人——我们的孩子站在风雪中哭，怎么办呢？

丈夫忽然灵机一动说："有了，找附近的砍树工人。"

"砍树的！为了猫，你要把树砍倒？"

"你说还有其他什么妙计？"他神秘地笑笑。

"喂，我家院子里一株大树要砍掉，你能来帮忙吗？愈快愈好。"电话接通了，丈夫直截了当地说。

"在这样的大风雪天，你们要砍树？你们有什么不对劲吗？"难怪别人吃惊。

"是的，非砍不可，请你带了工具马上来吧！"

砍树工人来了。他仰头看看这株姿态壮美的树，怀疑地问："真要砍掉？"

"唔，你听见树顶上猫叫的声音了吗？它快要冻死了，却不敢下来。救火队员和警察先生都无能为力，所以只有请你把树砍倒，救下我们的猫。"

"我懂了。"他笑容满面，快速地用粗绳在腰间绑妥，三下两下就爬上树顶，抱起猫，一个纵身，就像人猿泰山似的飞跃到地面，把猫送到孩子手中。孩子早已为它准备好丰盛的餐点，鱼、牛奶、蛋糕，应有尽有。猫在他怀中打了一阵哆嗦，惊魂已定之后，就跳下地来大吃起来，边吃边发出呼噜呼噜的声音，带一点满足，也带一点怒意，好像在责怪我们："真笨，这样简单的法子，怎么早都想不出来，还兴师动众地到处求人，害我饥寒交迫。"

它吃饱了，就一声不响回到温暖的窝里，蜷起身子睡大觉。这下它可得好好休息一下了。它并没有用舌头舔舔孩子的手表示感谢，对我们为它花尽心思，更是无动于衷。丈夫敲了下头说：

"你真是世界上最笨最笨的猫。"

砍树工人解开腰间的绳子，伸手摸摸我们的笨猫，显出完成一件大事的欣慰。我万分感激地问他要多少报酬。他摸摸头，想了一下，笑嘻嘻地说："这就很难说了。你叫我来是砍树，而树并没有砍呀！我倒是还没做过这样轻松而有趣的工作。"他拍了下我孩子的肩膀，洒脱地说："算我这个邻居帮小弟弟一个大忙，让我进屋子喝杯好酒，去去寒气就可以了。"

临走时，他回头看了下猫，说："它胆小而没有后顾之忧，难保不再爬上树顶。如果有一天你们为它的多次冒险不胜其烦，非砍树不可时，再照顾我生意吧！"

风趣的友人讲完这段生动的故事，使我多年来的爱猫之心大打折扣。想想这只猫并不是笨，而是百分之百的依赖，却又百分之百的唯我独尊，不懂得人们对它的关爱。

我不由得想起国内有许多青年所组织的登山冒险队。大风雪中迷失了方向，久久没有下落，急煞了家人亲友，搜索队征骑四出地找寻，幸运地找到了，得以平安归来。家人亲友，连社会关怀人士都为他们额手称庆。在电视访问时，他们成了胜利归来的英雄，壮志满怀愉快地对记者说："我们很镇定，很有信心，本来就知道一定可以平安回来的。"似乎所有人的担忧，都是不必要的。

猫究竟是猫，是不是能镇定和自信，不得而知。高等动物的人，在某种情况之下，总不能只靠镇定与自信心。没有别人的救助，能出奇迹吗？

鼠　友

　　人而沦落到与鼠辈为友，这个人若不是品质上有问题，至少也是性情孤僻吧。可是一年多来，我这种想法已大大有了转变。因为我确确实实与鼠辈做了朋友，彼此由相安无事而达到莫逆于心的程度。这话似不合常理，难于置信，但我是诚实无欺地告诉读者，一点也没有夸张的。

　　旅居中，我的住所，一直是因陋就简。厨房里与炉灶相连的烤箱，年久未修，根本不能使用，我就索性用它收藏食物如粉丝、海带、莲子、花生之类，以备不时之需。每当我取用时，却常常发现莲子、花生的玻璃纸袋上有个窟窿，我想糟了，里面有蟑螂。外子是捉蟑螂能手，在台北时，往往手到擒来。他却说不见得是蟑螂，因为未见它们出没炉台，可能是老鼠。我想封得紧紧的烤箱，老鼠从何处进入呢？若真是老鼠，又该怎么办？用捕鼠器夹得它们脑浆迸裂，我绝不忍心做那样的事。任由它们扬长出入吧，又不像话，实在是煞费踌躇。再仔细一检查烤箱，原来靠墙壁之处有个小破洞，直通墙外。墙外是一片斜坡，老鼠就是从这破洞进入的。洞那么小，能进入的老鼠一定也非常的小，一时心生怜悯，不如任凭这小小东西自由出入吧，就没把破洞口封闭。我这样做是因为想起一位好友的五岁小孙子。他每晚临睡时，不忘悄悄地装一小碟饭菜，送到后院储藏室里喂小老鼠。童稚的慈悲心，远非涉世日深的成人所能及。由于一丝惭愧与赎罪的心情，我也来学学他的"为鼠常留饭"吧！况且气候渐入隆冬，野外雨雪纷飞，老鼠们凄凄惶惶的，教它们向何处觅食呢？我就索性将烤箱中其他罐头食物等撤清，里面只放一小盘米、一小盘生扁豆，还铺了张厚厚的报纸供它栖息。

当晚，就听到窸窸窣窣之声，我轻轻过去打开烤箱门一看，果见一只小老鼠，惊惶地从洞中逃逸。我抱歉地马上关上炉门，决心不再打扰它，让它饱餐一顿，睡个温暖的觉吧，而惊觉的它，就不敢再来，直到我熄灯以后，才听到窸窣之声再起。

如此数晚以后，白天里看看米和扁豆吃光了，就再给添上。觉得它虽躲躲藏藏，我为它添饲料时，心中却感到一份慷慨施舍的乐趣，十足的自我陶醉。外子责我不当养老鼠贻害房东。我却振振有词地说，我如不喂饱它们，它们反而爬上二楼，吃房东的粮食，终遭杀身之祸。他又讥讽我发挥妇人之仁，只见到饥寒小鼠，而对于挣扎在海滩或丛林中的越南、高棉难民，却只能徒呼奈何。我惟有报以叹息，默无以对。

有一个晚上，我坐在卧室沙发里看书，忽见一个小黑点自我脚边穿过，身体小得比蟑螂大不了多少；我把台灯扭向墙角一照，它惊慌了一阵，便蹲伏下来，一动不动。这当然是小动物自卫的本能。我越发的对它怜悯起来，心里对它说："你不要怕，我绝不伤害你。"难道真的有第六感官吗？它的一对小黑眼睛，定定地向我望来。这一刹那间，我顿时感悟到佛家之言：大凡恐惧心、杀心，都会相互感应。猛虎不食婴儿是因婴儿无恐惧心与杀心，这也是非常合于科学原理的。我伏下身子对它说："烤箱里有得吃的，你怎么跑出来了？你又是从什么地方出来的呢？"当我站起身来去打开烤箱门时，它竟一溜烟从底下抽屉缝中钻进去了。原来下面还有一个洞可以进入厨房。我一看盘子里米还剩不少，扁豆却吃光了，还撒了满处的豆壳。真是懂得享福，吃豆子还剥壳呢，和人一样，宠不得。好在扁豆价廉物美,就再给满满加上。自忖无聊到以养老鼠排遣岁月,比在台北公寓中养猫更等而下之。但比起这里的邻居们,每天一大早在寒风中被狗牵着跑,还得随手为它清除大便,到底自在省力多了。

我这么一打扰,小老鼠有好几天没动静了,我不免有点失望,总觉人鼠之间,这点脆弱的感情,究竟难于建立,只好耐心再等待。我一直不知道烤箱里进进出出的有几只老鼠,但一定都是一样的瘦小,否则无法从那小破洞中进入。但无论如何,它们已逐渐熟悉了我的动作和脚步声,也体会得到我对它们的友善而有了信心,胆子渐大,才会由厨房跑到卧室里来。它们的信赖使我感到得意。夜深读书写作倦了,听听它们的窸窣之声,也是一种慰藉,仿佛屋子里多一个小生命,就多一份温暖。我还时常期待它们的出现,因而故意不加粮食,让它们出来找吃的。果然,有一晚,在明亮的日光灯下,一只小老鼠大大方方地采取蛇行的方式,向我爬过来。我放下笔,呆呆地望着它,它也呆呆地望着我。忽然飞速地跑过来,碰了一下我的拖鞋尖,立刻又窜回去,钻进了烤箱。顽皮的小鼠,竟然和我捉起迷藏来了。可见我这个人,在它心目中,已经威严扫地,我就索性和它游戏一番吧!我打开烤箱,看它躲在一角,并未从洞中逃走。仔细观察,好像就是那只向我卧房登堂入室的小鼠，难道就只有这一只寂寞的小鼠吗？它是不是打算出来和我这个异乡之客做伴呢？我们的心意无法沟通，我就自作多情地这般想着。又连忙抓了一把莲子，放入盘中，让它好好打个牙祭。

这一款待，却提高了它的胃口，（你说小动物与人有什么两样？）慢说对米没兴趣，连剥壳的扁豆也不足以满它的意了。在大白天里，我在厨房工作，它都会大摇大摆地出来游荡一番，完全无视于我这个以礼相待的朋友。而我却反为此暗暗高兴，认为已赢得它的友情。于是莲子之外，再加奶油乳酪，反正美国这类东西比台湾便宜得太多，我亦落得做一阵短暂的慷慨主人。看它吃得那样津津有味，却不禁为它的将来担起忧来。因为我只是个房客，我走以后，房东或者将来的房客，会允许它以烤箱为窝吗？很可能是一个捕鼠器，使得它血肉模糊，那么我现在的款待，反倒是害了它。我恨不得告诉它，对人类不能不设防，人心之不同，各如其面啊！

外子责我妇人之仁是一点不错的，我明知鼠辈对人类为害之烈，只是为了解除客中寂寞而纵容了它。我也明知如果是自己的房子，就绝不会让它以烤箱为家，即使不加捕杀，至少也要把它驱逐出境。想到此，不禁为自己的一点私心而惭愧万分。

我更想到南中国海上，千千万万的难民，嗷嗷待哺，奄奄一息，这个悲惨的世界，岂容我个人以饲鼠为大德，而沾沾自喜呢？

　　小鼠又出来了，它蹲在一角，又是睁着小眼睛直望我。现在我们已经有了默契，我绝不惊吓它，它也绝不躲避我。我们真像两个心照不宣的好友，脉脉相对。我总觉这微不足道的小生命，即使再短促、无知，也有它自己的天地，有它活下去的权利。它既不懂得人世间有如许惨重的灾劫，更不应该把怨气出在它头上。我既无法为它往后的安全设想，又何能为自己的来日安排什么呢？但至少，自一个长长的冬天直到春天，我喂它，它也接纳了我，而我又即将离去。在这有限的时日中，让我们尽量享受这一段不寻常的友情吧。

　　饭桌上有我自己啃了一半的巧克力糖，我把它轻轻摆在小鼠身边，巧克力的香味使它体会到我更多的善意，它一点也没有退缩，鼻子抽缩着，看它早已垂涎三尺了。

　　"吃吧，小老鼠，"我低声对它说，"希望你以后不至挨饿，希望你一直能过自由自在的日子。"

名家散文

鲁迅：直面惨淡的人生

胡适：天下没有白费的努力

许地山：爱我于离别之后

叶圣陶：藕与莼菜

茅盾：斗争的生活使你干练

郁达夫：夜行者的哀歌

徐志摩：我有的只是爱

庐隐：我追寻完整的生命

丰子恺：我情愿做老儿童

朱自清：热闹是它们的，我什么也没有

老舍：有朋友的地方就是好地方

冰心：繁星闪烁着

废名：想象的雨不湿人

沈从文：每一只船总要有个码头

梁实秋：烟火百味过生活

林徽因：你是人间的四月天

巴金：灯光是不会灭的

戴望舒：我的心神是在更远的地方

梁遇春：吻着人生的火

张中行：临渊而不羡鱼

萧红：我的血液里没有屈服

季羡林：微苦中实有甜美在

何其芳：紧握着每一个新鲜的早晨

孙犁：人生最好萍水相逢

琦君：粽子里的乡愁

苏青：我茫然剩留在寂寞大地上

林海音：唯有寂寞才自由

汪曾祺：如云如水，水流云在

陆文夫：吃也是一种艺术

宗璞：云在青天

余光中：前尘隔海，古屋不再

王蒙：生活万岁，青春万岁

张晓风：年年岁岁岁岁年年

冯骥才：生活就是创造每一天

肖复兴：聪明是一张漂亮的糖纸

梁晓声：过小百姓的生活

赵丽宏：闪烁在旷野里的微光

王旭烽：等花落下来

叶兆言：万事翻覆如浮云

鲍尔吉·原野：为世上的美准备足够的眼泪